마법기사 귀환록

FUSION FANTASTIC STORY

이두열 퓨전 판타지 소설

마법기사 귀환록 1

이두열 퓨전 판타지 소설

초판 1쇄 찍은 날 § 2013년 2월 8일
초판 1쇄 펴낸 날 § 2013년 2월 15일

지은이 § 이두열
펴낸이 § 서경석

편집부장 § 권태완
편집책임 § 어정원
디자인 § 이혜정

펴낸곳 § 도서출판 청어람
등록번호 § 제1081-1-89호
등록일자 § 1999. 5. 31
어람번호 § 제1-1542호

주소 § 경기도 부천시 원미구 심곡2동 163-2 서경B/D 3F (우) 420-822
전화 § 032-656-4452팩스 § 032-656-4453
http://www.chungeoram.com
E-mail § chungeorambook@daum.net

ISBN 978-89-251-3176-4 04810
ISBN 978-89-251-3175-7 (세트)

마법기사 귀환록 1

FUSION FANTASTIC STORY

이두열 퓨전 판타지 소설

CONTENTS

prologue

거대한 성을 앞에 두고도 아무렇지 않은 듯 한 남자의 담담한 목소리가 들려왔다.

"우리를 단순히 마법사라 부르는 사람들이 있다."

그 남자의 뒤에는 서른 명의 사람이 가죽갑옷에 가까운 로브 입은 채 도열해 서 있었다.

"그리고 혹자는 우리를 기사라 부른다."

남자의 말은 계속 이어졌고, 그들이 남자의 말을 들으며 바라보고 있는 성에서는 도자교가 내려와 기마들이 모습을 드러내고 있었다.

쿠쿠구구궁―!

따각― 따각―

일단의 기사들이 내려선 도자교를 넘어 성 앞으로 이동하며 자리를 잡기 시작했다. 그리고 그 수는 백을 훨씬 넘어설 듯 보였다.

그렇게 성에서 나온 기사들이 자신에게 덮쳐들기 위해 도열하고 있음에도 남자는 다시 말을 이어나갔다.

"그러나 중요한 건 우리가 어떻게 불리느냐가 아니다."

그렇게 남자가 말하는 동안 어느새 준비를 마친 기마들이 조금씩 그들에게 달려오기 시작했다.

따각― 따각―

두두―

두두두두―!

두두두두두두두두―!

말을 몰아 달리기 시작하자 짧은 시간에 엄청난 가속도가 붙었다. 돌격해오는 기사들은 코앞의 서른 명을 한순간에 짓눌러 버릴 듯한 기세를 뿜어내고 있었지만, 그들은 그 압박 속에서도 여전히 태연했다.

기사들과의 거리가 좁혀져 오자 남자가 손을 들어 올리며 말했다.

"중요한 것은 우리가 무엇을 행하느냐다."

남자가 손을 들자 서른 명의 사람들도 저마다 오른손을 가
슴 높이까지 들어 올렸고, 그에 반응하듯 주위의 마나가 요동
치기 시작했다.

화르륵! 치지직!!

각자의 손에서 불이, 얼음이, 전기가 어른거렸다.

두두두두두두—!

기사들이 그들의 200미터 앞까지 접근했을 때 남자가 소리
쳤다.

"공격!"

남자의 손이 전방을 향함과 동시에 그 뒤의 서른 명 모두
손을 뻗기 시작했고, 수많은 마법들이 기사들을 향해 쏘아져
나갔다.

콰콰쾅!!

순식간에 수십 명의 기사가 전마와 함께 피떡이 되어 쓰러
져갔다. 하지만 살아남은 기사의 수는 여전히 마법사들을 압
도했다.

"마법기사단! 전원 거창!"

화르륵!!

방금 전 마법을 사용하고도 이렇게 빠르게 마법을 다시 캐
스팅할 수도 있는 걸까?

서른여 명의 마법공격이 끝나자마자 또다시 그들의 앞에

는 불꽃의 창이 타오르고 있었다.

두두두두두!!

엄청난 폭발 이후에도 살아남은 기사들이 여전히 속도를 줄이지 않은 채 달려들었다.

그리고 그 기사들이 서른여 명의 마법사가 서 있던 자리를 지나쳤다고 생각했을 때,

기사들은 더 이상 산사람이 아니었다.

쿠쿠쿵!!

남자는 무너져 내리는 기사들의 신형에서 시선을 거두며 말했다.

"우린 운명을 행하고 있다."

CHAPTER
01

깨어나다

끼익~! 퍽!

급정지하는 소리와 함께 차가 멈췄다. 그러나 그 앞에는 이미 한 청년이 피를 흘리며 쓰러져 있었다.

그 청년의 이름은 한태성. 스물네 살의 평범한 대한민국 대학생이었다.

*   *   *

정신을 차린 후 보이는 것은 지독한 어둠뿐이었고, 간간이 귀에 웅얼거리는 소리가 들려왔다.

'분명 차에 치였는데… 죽은 건가? 사후 세계는 믿지 않았는데… 아, 우리 가족은……?'

죽은 후에도 유지되는 정신에 신기함을 느끼던 태성은 그제야 자신의 죽음에 슬퍼할 가족에게 생각이 미쳤다.

그러나 죽었다는 생각 때문일까, 요동치던 감정은 금세 평정심을 되찾았고, 태성은 자신도 모르게 잠이 들 듯 의식을 잃었다.

얼마나 시간이 흘렀을까?

의식을 되찾은 태성은 속으로 실소를 흘렸다.

'죽은 후에도 잠을 자다니…….'

그러나 잠시 후 태성은 두 눈을 파고드는 빛 무리에 당황할 수밖에 없었다. 그리고 빛을 인지함과 동시에 이전에는 웅얼거림으로밖에 들리지 않던 소리가 사람의 목소리처럼 크게 들린다는 것을 깨달았다.

'이, 이건… 혹시?'

태성은 자신이 죽지 않은 것일 수도 있다는 생각에 빛 무리와 소리에 집중했다.

스윽.

태성은 깜짝 놀랐다. 눈앞의 빛 무리가 급격히 어두워졌기 때문이다.

하지만 잠시 후 눈앞의 어둠이 이전과 같은 지독한 어둠이 아니라는 것과 희미하게나마 보였던 윤곽이 사람의 얼굴이라는 것을 깨달은 태성은 속으로 환호성을 질렀다.

'죽지 않았구나! 그럼 지금 나는… 교통사고 후에 입원해 있는 상태인 건가?'

자신이 겪은 상황을 교통사고 후의 상황 정도로 생각한 태성은 죽지 않았다는 사실만으로 매우 기뻐했다.

자신이 죽음 앞에 초연하게 반응했지만 정확하게는 죽음이라는 공포에 정신이 마비되었던 것이라는 사실을 깨달으며 살아 있음에 다시 한 번 감사했다. .

*　　　*　　　*

휙! 쨍그랑!!

"나가! 나가라고!! 크흑!"

접시가 깨지는 소리와 함께 방 안에서 누군가의 울부짖는 소리가 들려왔다.

"접시를 치우고 편히 쉴 수 있도록 케인을 재우도록 해라."

소년을 지켜보던 두 명의 여인 중 한 명인 헬리온 백작의 아내 율티아 부인이 슬픔에 잠긴 목소리로 옆의 여인에게 말하고 방을 나갔다.

일공자 케인의 전속 하녀인 세린은 율티아 부인의 말대로 접시를 치우고 백작가의 마법사가 슬립(Sleep) 마법을 통해 케인을 재우는 모습을 지켜보았다.

　비록 서자이지만 고위 귀족인 헬리온 백작가의 장남이라는 위치는 백작령 내에서 절대적이었고, 3년간 모셔오면서 세린은 케인이 외모는 물론 귀족치고는 훌륭한 인성과 능력을 가지고 있다고 생각했다.

　'하아, 어쩌다 케인 공자님에게 이런 일이……'

　무엇 하나 부족한 게 없던 케인은 고작 2주 만에 다른 사람이 되어 있었다.

　2주 전 아침.

　평상시와 같이 케인을 깨우던 세린은 일어나지 않는 케인에게 이상함을 느끼고 곧바로 보고했다.

　그러나 케인을 살펴본 백작가의 마법사와 치료사들조차 케인이 깨어나지 않는 이유를 찾지 못했다.

　그렇게 일주일이 지났을 때 드디어 케인이 눈을 떴고, 삼일이 더 지나자 몸을 움직일 수 있게 되었다. 그러나 모두를 당황하게 만들고 율티아 부인을 근심에 잠기게 된 것은 케인이 입을 열면서부터였다.

　"저, 저기… 여기… 여기… 어디?"

총명했던 케인이 열흘 만에 입 밖으로 낸 말이다.

그 후 지금까지 사흘간 케인은 시시때때로 소리를 지르며 발광했고, 불행 중 다행인 것은 시간이 지나면서 케인이 소리를 지를 때 더 이상 말을 더듬지 않는다는 것과 몸의 움직임이 자유로워졌다는 것이다.

태성은 정말 미칠 것 같았다.

아니, 이미 스스로가 미친 것이 아닐까 하는 생각이 들었다.

교통사고가 난 후 죽은 줄로만 알았다가 의식을 되찾았다. 살아 있음에 뛸 듯이 기뻐했지만 그 기쁨이 절망으로 바뀌는 것은 눈을 뜬 지 나흘 만이었다.

태성이 눈을 뜨고 사물을 알아볼 정도로 시력이 돌아왔을 때 눈앞에 보인 것은 금발의 백인 여자였다.

'그때는 심하게 다쳐서 외국 병원으로 온 줄 알았지.'

시간이 지나면서 이상한 기억들이 계속해서 흘러들었고, 태성은 자신도 모르게 그들의 말을 알아듣고 있다는 사실에 놀랐다.

그리고 대화를 하게 되었을 때 자신이 태성이 아니라 케인이라는 말을 듣고 나서는 안 그래도 머릿속에 자꾸만 떠오르는 원인 모를 기억들 때문에 간신히 유지하던 이성의 끈을 놓쳤다.

그리고 눈뜬 지 일주일째, 평소와 같이 자신의 상황에 발광하던 중 슬립 마법에 의해 잠들게 되었고, 꼬박 이틀이 지나서야 눈을 떴다.

세린은 케인이 또다시 눈뜨지 못할까 봐 발을 동동 구르고 있었다.

그러던 중 어느샌가 침대에 앉은 채로 자신을 바라보는 케인을 발견했다.

"고, 공자님이 깨어나셨어요!"

"잠깐."

케인이 깨어났음을 알리려 뛰어나가려던 세린을 케인이 불러 세웠다.

"네……?"

"어딜 그리 급히 가느냐? 오래 누워 있었더니 배가 고프구나. 다른 사람들에게 알리지 말고 먼저 음식부터 내오거라."

"하오나… 율리아 부인께서 공자님이 일어나시거든 가장 먼저……."

"되었다. 이제 난 괜찮으니 직접 찾아뵙겠다. 그보다 먼저 뭐 좀 먹고 싶구나."

"그럼 우선 간단히 상을 차려오겠습니다."

끼익, 탁.

홀린 듯 문을 닫고 나온 세린의 표정에는 며칠 동안 소리 지르고 발광하던 케인의 달라진 모습에 대한 의아함이 어렸다.

'다시 멀쩡해지신 건가? 아니, 그것보다 백작부인께 먼저 알려야겠다.'

음식부터 내오라는 케인의 말에 주방에 도착했던 세린은 갑자기 떠오른 율티아 부인 생각에 다른 하녀에게 음식 준비를 부탁하고 율티아 부인을 찾으러 갔다.

세린이 나간 후 케인, 아니, 태성은 다시 생각을 정리하기 시작했다.

자신은 분명 태성이다. 그러나 머릿속에 자리 잡은 기억은 자신이 케인이라 주장했다.

머릿속에는 케인의 기억이 들어와 있었고, 몸은 물어볼 것도 없이 케인의 육체였다.

'소설에서나 읽던 일이 일어나다니……'

자신의 생각대로라면 태성의 영혼이 케인의 육체를 차지한 것이다. 그것이 우연인지, 혹은 어떤 힘이 작용한 것인지는 모르겠지만 말이다.

태성은 케인의 지식을 통해 몸의 원래 주인이었던 케인이 알케리온 왕국의 헬리온 백작가의 장남이고, 다른 형제 없이 연년생인 차남 샤온과 후계자 수업을 받으며 성장해 왔다는 사실을 알게 되었다.

그러나 세력 구도보다 태성이 관심을 갖는 지식은 마법이었다. 이곳에는 마법과 정령과 같은 자신이 알고 있는 인간의 한계를 가볍게 뛰어넘는 초인적인 힘이 존재했다.

그리고 케인의 육체 또한 기사급에 해당하는 소드 유저의 마나를 가지고 있었다.

케인의 지식을 통해 상상 속에서만 존재하던 마법이 실제로 존재한다는 사실을 확인한 태성은 결심을 굳혔다.

'내가 태성임과 동시에 케인임을 부정하진 않는다. 하지만 반드시 원래의 세계로 돌아가고 말겠어.'

똑똑.

케인이 생각을 정리하고 얼마 지나지 않아 하녀가 음식을 갖고 왔다. 며칠째 제대로 된 식사를 하지 못한 케인을 생각해서인지 수프와 같이 소화가 잘되는 음식들이 대부분이었다.

쾅.

음식을 모두 해치운 케인이 자리에서 일어나려던 순간, 방문이 벌컥 열리며 율티아 부인이 들어왔다.

"케인! 정말 괜찮아진 거니? 흐흑! 다행이다. 정말 다행이야."

케인은 대답할 틈도 없이 어느새 눈물을 흘리고 있는 율티아 부인을 바라보다가 뒤따라 들어온 세린에게 시선을 돌렸다.

'이래서 알리지 말라 했건만.'

케인의 기억을 통해 율티아 부인의 행동을 예상하고 내린 명령이었지만, 보기 좋게 자신의 명령을 어긴 세린에게 화가 났다.

그러나 세린의 입장에서는 아픈 아들이 깨어난 사실을 율티아 부인에게 알리는 게 당연하다는 생각이 들어 다시 시선을 옮겼다.

'이분이 율티아 부인… 내 어머니인가?'

이제는 케인이 되어 버린 태성은 머릿속에 맴도는 기억을 바탕으로 율티아 부인과 대화를 이어나갔고, 안심시키는 데 최선을 다했다.

태성의 입장에서는 남이나 마찬가지지만, 율티아 부인이 진심으로 자신을 걱정하는 모습과 케인의 기억을 통해 자신도 모르게 모정을 느끼게 된 것이다.

케인은 아직 몸이 불편하다는 핑계로 끝까지 남아 있으려는 율티아 부인을 겨우 보내고는 세린을 불러 세웠다.

"세린."

"예, 도련님."

세린의 목소리가 가늘게 떨렸다.

율티아 부인에게 알린 것 때문이리라. 아무리 케인의 기존 성격이 착하더라도 자신에게 벌을 줄 수도 있는 상황이다. 게다가 최근 케인의 상태는 정상이 아니었으니 세린은 더더욱 불안감을 느낄 수밖에 없었다.

"잠시 혼자 있고 싶구나. 나가 있거라."

"소녀가 잘못했습… 예?"

"무슨 말을 하는 거냐. 혼내려는 게 아니다. 혼자 있고 싶으니 잠시 나가 있으란 말이다."

"아, 네! 나가 있을게요. 그럼 편히 쉬세요."

자신을 혼내려는 게 아니었음을 알자 원래의 밝은 소녀로 돌아온 세린이었다.

사실 이러한 태도는 태성에겐 몰라도 귀족인 케인의 입장에서 대백작가 일공자가 명을 어긴 하녀에게 아무런 벌도 내리지 않는 것은 엄청난 변화였다.

이렇게 케인은 더 이상 케인도 태성도 아닌 다른 존재가 되어가고 있었다.

달칵.

세린이 인사를 하고 나가려는 차에 문이 열리며 한 중년 남자가 들어왔다.

들어오는 상대를 확인한 세린은 황급히 뒤로 물러나며 고개를 숙였다.

남자의 이름은 크린드 리 헬리온. 현 헬리온 백작가의 주인
이다.

"정신을 차렸단 얘기를 듣고 왔다. 몸은 좀 어떠하느냐?"

"걱정해 주신 덕분에 이전과 같은 모습은 더 이상 보이지
않을 것입니다."

"괜찮다니 다행이구나. 필요한 것이 있으면 내게 말하도록
하거라."

짧은 대화를 뒤로하고 헬리온 백작은 방을 나갔고, 세린 또
한 헬리온 백작이 나간 직후 밖으로 자리를 옮겼다.

부자 사이의 짧은 대화를 다른 이들이 본다면 너무나 삭막
하다 할 수 있었다.

그러나 케인과 태성의 기억으로 혼란이 와 있던 시기에도
헬리온 백작이 힘들어하는 자신의 모습을 말없이 바라보다
돌아갔다는 사실을 떠올린 케인이었다. 이를 통해 케인은 헬
리온 백작이 무뚝뚝한 표정으로 내색하진 않아도 자신을 많
이 걱정했다는 사실을 잘 알 수 있었다.

'하지만 난 케인으로서 살 수는 없다.'

자신을 케인으로 인정했지만 원래의 세계로 되돌아가겠다
는 태성의 결심으로 인해 이곳 세계에 정을 붙일 생각이 없는
케인이었다.

＊　　　＊　　　＊

'이제 어떻게 한다?'

케인으로서의 삶을 받아들이고 생활한 지 일주일이 지났다. 원래의 세계로 돌아가겠다는 생각은 변함이 없지만 돌아가기 위한 구체적인 방법을 떠올리다 보니 머리가 아파왔다.

자세히 확인해 보진 않았지만 차원 이동 마법은 알아보나마나 매우 어려운 마법일 것이다. 아무 마법사에게 부탁한다고 쉽게 원래의 세계로 돌아갈 수 있는 것은 아니었다.

거기까지 생각하자 케인의 목표 대상은 마법의 종주로 여겨지는 드래곤과 마법 하면 떠오르는 마법사들의 요람, 마탑으로 좁혀졌다.

하지만 이런 케인의 생각에는 아주 큰 맹점이 있었다. 기사 수업과 후계자 수업만 받아온 케인에게 마법에 대한 지식은 보잘것없는 수준이어서 자신이 갖고 있는 생각이 얼마나 터무니없는 것인지 알지 못했다.

태성 또한 판타지 세계를 소설을 통해 글로 배운 탓에 드래곤을 뒷동산 오크 만나는 것처럼 생각해 버리는 오류를 저질러 버렸다.

물론 드래곤과 마탑을 찾아가 차원 이동하겠다는 케인의

망상은 며칠 지나지 않아 백작가의 수석마법사인 5서클 마법사 콜린 자작과의 만남을 통해 산산이 부서졌다.

케인은 헬리온 백작에게 몸을 점검한다는 핑계로 콜린 자작과의 면담을 요청했고, 헬리온 백작의 배려로 다음 날 바로 콜린 자작의 집무실에서 만남을 가질 수 있었다.

똑똑똑.

"콜린 자작님, 케인입니다."

"어서 오십시오, 케인 공자님."

케인이 들어오자 콜린 자작은 처리하던 서류를 정리하고 케인을 맞이했다.

"몸이 아프시다 들었는데 언뜻 보기엔 이상이 없어 보이는군요. 살펴보아도 되겠습니까?"

"아니, 괜찮습니다. 실은 다른 용무 때문에 자작님을 뵙고자 찾아왔습니다."

콜린 자작과 만나기 위해 지어낸 꾀병이었기에 이상이 있을 리 없는 케인이다.

"허허, 백작님을 속이고 저를 볼 정도의 용무라……. 한번 들어봐도 되겠습니까?"

다른 용무가 있다는 케인의 말에 순간 부드럽던 콜린의 눈빛이 날카롭게 바뀌며 공기의 흐름이 무거워졌다.

'역시 5서클 마법사인가? 내가 엉뚱한 짓을 하려는 줄 아

는군.'

케인은 비록 눈빛뿐이었지만 콜린 자작의 기세를 보며 놀랐다.

헬리온 백작을 속이는 행동에 케인을 경계하는 것이리라.

그러나 지금 중요한 것은 콜린 자작이 자신을 경계하느냐 아니냐가 아니었다.

"용무… 라기보다는 여쭤볼 것이 있어 이렇게 자리를 만들었습니다."

"일공자님께서 궁금하신 점이라……. 일단 들어보고 싶군요."

"흐음."

잠시 뜸을 들이던 케인이 마음을 정한 듯 입을 열었다.

"단도직입적으로 묻겠습니다. 차원 이동 마법에 대해 아십니까?"

"예?"

예상치 못한 케인의 물음에 콜린 자작이 당황하며 되물었다.

차원 이동 마법은 케인이 예상했던 대로 무척 고차원의 마법이었다.

소설에서야 모든 마법사가 텔레포트와 같은 공간 이동 마법을 순식간에 해내지만, 콜린의 말대로라면 이 세계에서 텔레포트는 마법진의 도움이 없다면 마도사, 즉 6서클 이상의 마법사들만이 펼칠 수 있는 고위 마법이라는 것이다.

공간 이동 마법이 이 정도인데, 차원 이동 마법은 콜린 자작이 조심스레 예측하기에 최소 7서클에는 도달해야 시도해 볼 만할 것이라 했는데, 이는 약 30년 전 마계의 마왕을 소환하는 데 성공한 흑마법사가 7서클 마법사라는 점에 미루어진 추측이었다.

그리고 콜린 자작 본인이 제1마탑으로 불리는 아이센 마탑 출신이지만 차원 이동에 관한 것은 시도해 본 적이 있다는 사실이 기록되어져 있을 뿐, 성공 여부에 대해서는 불명확하다는 사실을 지적하며 현재 마법 수준으로는 불가능하다고 말했다.

"그럼 드래곤에게 부탁하는 방법은 어떻겠습니까?"

케인이 마지막 희망이라는 눈빛으로 묻자 콜린은 고개를 저으며 말했다.

"드래곤이라는 생명체는 근래에 들어서 300년 이상 목격된 적이 없습니다. 존재했던 것에 대해선 의심할 여지가 없지만 아무래도 이 방법은 포기하시는 게 좋겠군요."

케인이 크게 실망하며 고개를 숙이자 콜린이 의아하다는 듯 물었다.

"케인 공자님께서는 왜 이렇게 차원 이동에 집착하시는지요?"

희망을 잃은 듯한 케인의 모습을 보며 콜린이 이유를 묻자 케인은 머뭇거리며 이야기하기 시작했다.

차원 이동 마법을 찾는 이유, 어느 순간 낯선 세계에 대한 기억이 떠오르기 시작했고, 자신의 안에 한태성이라는 다른 세계의 인간의 영혼과 그의 기억을 갖게 되었음을.

그러나 이러한 케인의 대답에는 진실과 거짓이 교묘하게 섞여 있었다. 자신의 주된 영혼과 기억이 케인이 아니라 태성의 것이라는 점과 자연스럽게 이어진 듯한 이계에 대한 이야기가 사실 자신이 계획했던 방법이 모두 불가능함을 깨달은 케인이 고위 마법사인 콜린의 도움을 받고자 그에 대한 관심을 갖도록 의도했던 결과인 것이다.

"휴우."

콜린 자작과의 대화를 끝내고 자신의 방으로 돌아온 케인은 한숨을 내쉬었다.

'말을 꺼내긴 했는데… 괜한 짓을 한 건가?'

차원 이동이 현실적으로 불가능하다는 말에 순간적으로 콜린의 도움을 받겠다는 엉뚱한 생각으로 태성의 기억에 대해 이야기를 털어놓았다.

마법적 지식이 부족한 케인이 홀로 고민하는 것보다 5서클 마법사인 콜린에게 조언을 듣는다면 큰 도움이 될 것은 분명했다.

그러나 다시 생각해 보니 콜린이 자신의 말을 믿고 안 믿고를 떠나 가볍게 이야기할 문제가 아니었던 것이다.

'일공자 케인에게 낯선 세계에 대한 기억이 떠오른다고 한다. 그뿐 아니라 알 수 없는 누군가의 영혼까지 깃들어 있다고 한다'는 소문이 퍼지게 된다면, 이는 헬리온 백작가의 일공자라는 위치가 흔들리는 것 이상으로 케인에게 문제가 될 수 있다는 이야기였다.

그러나 소문이 퍼져 문제가 될 것으로 생각했던 케인의 예상과는 달리 콜린 자작은 비밀을 지켰고, 오히려 이해할 수 없는 편지를 보내오며 케인을 안심시켰다.

'콜린 자작은 내가 미쳤다고 생각하는 걸까?'

케인은 자신이 들어도 못 믿을 이야기임에도 소문을 내기는커녕 비밀을 지켜주는 콜린을 보며 오해하기 시작했다.

주군의 아들이 미쳤다는 사실이 자신의 입을 통해 소문나게 된다면 가신의 입장에서 스스로의 얼굴에 먹칠을 하는 행동이었으니 어쩌면 알리지 않는 것이 당연하다고 생각한 것이다.

'그보다… 남은 방법은 하나뿐인 건가?'

아직 이곳의 삶에 인식이 부족한 케인은 그렇게 콜린 자작에 대한 생각을 간단히 정리한 후 뒷동산 드래곤을 만나는 것과 같이 차원 이동에 관한 엉뚱한 방법을 다시 골몰하기 시작했다.

다음 날 아침 케인은 헬리온 백작을 찾아갔다.

"어쩐 일이냐?"

새벽 검술 수련 후 샤워를 마치고 나온 헬리온 백작은 집무실 앞에서 자신을 기다리고 있는 케인을 바라보며 물었다.

"아버님께 허락받을 일이 있어 찾아왔습니다."

"허락이라……. 내 허락을 받을 만큼 큰일이더냐?"

평소답지 않은 케인의 모습에 헬리온 백작이 되물었다.

"예."

"일단 들어보고 결정해야겠구나."

집무실 의자에 앉은 헬리온 백작이 흥미로운 눈빛으로 케인을 바라보았다.

그러나 케인의 이어지는 말에 그 흥미가 당황으로 바뀌는 것은 순식간이었다.

"마법을 배우고 싶습니다."

"푸흡! 뭐, 뭐라고? 다시 말해보거라."

"샤온과의 후계자 경쟁을 포기하고 마법을 배우고 싶습

니다."

마시던 차까지 내뿜은 헬리온 백작의 얼굴이 흙빛으로 변했다.

"둘 다 불허한다."

"아버님!"

"무슨 생각인지는 모르겠다만 우리 헬리온 가는 분명한 검가다. 게다가 너 또한 이미 검술로써 마나를 다루는 경지에 이르러 있거늘 마법이라니? 후계자 경쟁 또한 마찬가지다. 네가 원하지 않는다면 후계자 경쟁에서 물러나는 걸 허락하도록 하겠다. 그러나 지금은 아니다. 3년 뒤에도 생각이 같다면 그때 허락해 주겠다."

헬리온 백작의 확고한 의지에 케인이 다시 말을 이었다.

"아버님, 지금까지 저와 샤온의 후계자 경쟁이 문제가 될 만큼 치열하지는 않았지만, 앞으로 어떻게 변할지 모르는 일입니다. 성장해 갈수록 저희 의지와는 별개로 주위에서도 파벌이 나뉠 것이고 경쟁이 더욱 심해지게 될 것은 불 보듯 뻔한 일입니다. 그리고 제가 가주가 되지 않는다면 반드시 검술을 익힐 필요도 사라지지 않습니까?"

"어느 가문이든 가주의 자리에 가장 우선권이 있는 건 장남이다. 네 말대로라면 오히려 샤온을 후계자 후보에서 몰아내는 것이 이치에 맞지 않느냐?"

최근에 와서 귀족가뿐 아니라 각국의 왕가에서도 장자 중심이 아닌 능력 위주로 후계자를 선출하는 등, 무조건 장남을 후계자로 삼던 과거와는 많이 달라진 경향이 있다.

그러나 여전히 같은 혈통이라면 후계자 위치에 가장 유리한 고지를 점하는 것은 장남이었다.

가문의 피해를 운운하며 경쟁을 포기하려는 케인에게 이와 같은 전통을 이야기하며 압박하는 헬리온 백작이었다.

"이미 희미해져 가는 전통 말고도 저와 샤온의 가장 결정적인 차이가 있지 않습니까?"

"결정적인 차이라니?"

헬리온 백작은 케인의 의도를 파악하지 못하고 말하고자 하는 바를 되물었다.

"하고자 하는 의지의 차이 말입니다. 샤온은 가주가 되길 원하지만, 저는 원하지 않습니다. 이보다 더 중요한 차이가 있겠습니까?"

케인의 말을 들은 헬리온 백작이 눈을 감고 생각에 잠겼다.

장남으로서 후계자 자리를 포기하는 것은 어쩌면 케인 본인에게나 가문에게나 불명예가 될 수 있었다.

하지만 표면적인 피해만 감수한다면 실질적으로 케인의 경쟁 포기는 헬리온 백작가에는 실보다 득이 많을 터였다.

비록 장남은 아니지만 샤온이 여태껏 보여준 모습은 다음

대 헬리온 백작가의 가주로서 부족하지 않았다. 그리고 케인의 말대로 두 파벌로 나뉘어 제 살 깎아먹기 식의 전력 소모도 피할 수 있게 되고, 백작 본인에게도 두 아들이 싸우는 모습을 보지 않아도 되니 분명한 이득이었다.

그럼에도 헬리온 백작이 고민에 빠지는 이유는 후계자 자리를 포기한 이후의 케인에 대한 걱정 때문이었다.

망설이는 헬리온 백작을 보며 고민을 눈치챈 케인이 웃으며 말했다.

"아버님, 제가 원하는 일입니다. 저에 대한 걱정 때문이라면 고민하지 않으셔도 됩니다."

자신을 안심시키려는 케인의 말을 듣고는 헬리온 백작이 눈을 떴다.

"휴우, 여전히 내 아들 케인이 맞구나."

"그게 무슨 말씀이신지……?"

이해할 수 없는 헬리온 백작의 말에 케인이 고개를 갸웃했다.

"콜린 자작에게 얘기를 들었다. 누군가의 기억이 떠오른다던 일에 대해서 말이다. 콜린 자작은 너에 대해 지켜볼 필요가 있다고 말했지만, 너에게 일어난 일이 정확히 어떤 일이든 여전히 내 아들임은 분명한 것 같구나."

콜린으로부터 이야기를 듣고 속으로 걱정을 해왔던 헬리

온 백작은 조용히 케인의 손을 꾸욱 잡았다.

* * *

일주일 뒤, 헬리온 백작가에 갑작스런 후계자 발표에 대한 회의가 열렸다.

그 자리에서 케인은 가문 내부의 경쟁을 원치 않아 그 자리에서 스스로 후계자로서의 의무와 권리를 포기한다고 선언했다.

그 증거로 가문의 검술을 익히지 않고 마법을 배우겠다고 말했다.

갑작스런 케인의 발언에 가신들은 상황 파악에 갈피를 잡지 못했다. 차남인 샤온도 분명 가주로서 충분한 재능을 겸비했지만, 그렇다고 케인이 그와 비교해 부족하다는 것은 아니었다.

당연히 장남인 케인이 후계자가 될 거라 생각하던 귀족들은 웅성거리기 시작했다.

가신들의 혼란을 잠재운 건 헬리온 백작이었다.

"케인이 포기함에 따라 샤온 리 헬리온을 헬리온 백작가 소가주로 임명한다. 샤온은 소가주가 됨에 따라 그동안의 경쟁은 잊고 모든 가신들에게 인정받는 가주가 되도록 노력해야 한다."

"예, 알겠습니다."

대답하는 샤온의 표정은 기쁨보다는 당황에 가까웠다.

회의는 후계자 발표 이후에도 두 시간이나 계속되었다.

그동안의 회의와 별다를 것 없는 영지 내의 여러 문제와 국내외 정세에 관한 이야기가 주였다.

최근에 와서 가볍지 않은 움직임을 보이는 귀족파였고, 그에 따른 국왕파의 반응이 심상치 않았기에 아직까지 어느 한쪽에 가담하지 않은 채 중립을 표방하고 있는 헬리온 백작가에서는 주변 정세에 특히나 민감할 수밖에 없었다.

그러나 회의가 거의 끝나갈 무렵 케인을 당황시킨 헬리온 백작의 한마디가 있었다.

"그리고 앞으로 케인이 마법을 배우겠다고 하였는데, 콜린 자작이 가르쳐 준다면 내 안심할 수 있을 것 같은데, 어떻겠소?"

후계자 자리까지 포기하는 마당에 마법이라도 제대로 배웠으면 하는 마음에서인지 헬리온 백작은 백작가 최고 마법사인 콜린에게 케인의 마법 스승이 되어주기를 요청했다.

그리고 그에 거절할 것이라 생각했던 케인의 예상은 콜린이 백작의 요청을 흔쾌히 받아들임으로써 또다시 빗나갔다.

저벅저벅.

"케인 형!!"

회의장에서 걸어 나오는 케인을 누군가 불렀다.

뒤돌아본 케인의 앞에는 이제는 소가주가 된 이공자 샤온
이 있었다.

"무슨 생각인 거야?"

"무슨 생각이냐니?"

샤온의 물음에 아무것도 모르겠다는 표정을 지으며 대답
하는 케인이다.

"가문을 위해 소가주 자리를 나에게 양보하다니, 이게 말
이 된다고 생각해?"

가주가 되고 싶은 욕심을 가지고 있던 샤온이지만, 형과 선
의의 경쟁을 통해 얻고 싶은 자리였다. 말도 안 되는 케인의
양보로 얻고 싶던 자리가 아니다.

"말이 안 될 이유는 없어."

자신의 대답을 듣고 어이없어 하는 샤온에게 케인이 몇 마
디 덧붙였다.

"아까 회의장에서 말한 건 모두 사실이야. 헬리온 가의 가
주로서 내가 부족하다고 생각하진 않지만, 샤온 너는 나보다
헬리온 가의 가주로서/충분한 재능을 지니고 있어."

케인의 말에서 진심임을 느낀 샤온은 머뭇거리다 입을 열었다.

"그럼… 단지 그 이유라면… 검술을 계속 익혀."

"검술?"

케인은 의아한 표정으로 되물었다.

"소가주 자리를 포기한다는 증거로 검술을 포기한다고 말했잖아. 그러지 않아도 된다고. 아니, 이렇게 도망가지 말고 파벌 싸움이 아닌 검술로 경쟁해."

케인이 자신과의 경쟁으로 인해 검술을 포기하고 후계자의 자리까지 포기하는 줄로 아는 샤온은 케인을 복잡한 심정으로 바라보며 말했다.

"걱정해 줘서 고맙다. 하지만 네가 미안해 할 건 없어. 후계자 자리를 포기하는 것과 검술을 포기하고 마법을 배우는 건 사실 별개의 일이야. 정확히는 마법을 배우고 싶어 후계자 자리를 포기하는 거야. 언젠가 설명해 주도록 하마. 앞으로 잘 부탁한다, 소가주 동생!"

자신의 할 말을 마친 케인은 아직 할 말이 남아 있는 듯한 샤온을 뒤로하고 발걸음을 옮겼다.

샤온이 보이지 않을 때쯤 케인은 발걸음을 멈추고 하늘을 바라봤다.

'율티아 부인, 아니, 어머니부터 아버지, 동생까지 좋은 가

족을 가지고 있구나, 케인.'

　방으로 돌아가던 태성은 가족이 그리운 마음에 자기 자신인 케인에게 푸념을 늘어놓았다.

CHAPTER
02

마법을 배우다

콜린 자작의 연구실에 케인과 콜린 자작이 앉아 있었다.

"왜 절 가르치는 것을 거부하지 않으셨습니까?"

케인이 따지듯 물었다.

'콜린 자작은 날 미친놈으로 생각하고 있을 텐데…….'

자신이 생각하기에 콜린 자작에게 무슨 꿍꿍이가 있지 않고서야 아무리 헬리온 백작이 부탁한다 하더라도 자신을 가르치는 일을 떠맡을 리가 없었다.

케인은 지난번 차원 이동 마법을 질문한 이후로 콜린 자작이 자신을 이상하게 바라본다고 생각했지만 그건 케인의 착각이었다.

"전 케인 공자님의 말을 믿습니다."

"예?"

"케인 공자님이 지난번 말씀하신 이야기를 믿기 때문입니다.

콜린의 말에 당황한 것은 오히려 케인이었다.

'마법사 중에 제정신인 사람이 없다고 들었지만, 내가 겪고도 믿지 못하는 일을 이리도 쉽게 믿다니……'

"사실 처음 케인 공자님이 말씀하셨을 때에는 믿지 못했습니다."

"그런데 어떻게……?"

이해할 수 없다는 표정의 케인을 보며 콜린 자작이 말을 이었다.

"케인 공자님이 마법을 배우려 하신다는 이야기를 듣고 그전에 하신 말씀이 진실이라고 생각하게 되었습니다. 직접 차원 이동 마법을 배우시려는 것 아닙니까?"

케인은 콜린 자작이 자신의 생각을 정확히 꿰뚫어보자 크게 당황했지만, 콜린이 이를 유추해내는 것은 그리 어려운 일이 아니었다.

사실 과학과 기술이 발달한 태성의 세계라면 미친놈 소리를 들을 이야기였지만 이 세계는 신과 마나 등 미지의 힘이 존재한다.

그렇기에 이곳에서는 조금만 마음을 연다면 어떤 예상치 못한 일이 일어난다 해도 충분히 받아들일 수 있는 것이다.

게다가 콜린 자작은 마법사가 아닌가.

"사실 차원 이동 마법은 저를 포함한 영지 내 마법사들은 물론 어디를 가서도 직접 배우실 수는 없습니다. 제가 해드릴 수 있는 건 마법사로서의 기본 틀을 형성하는 데에 어느 정도 도움이 되어드리는 것뿐입니다."

"그 정도면 충분합니다."

케인과 서로의 생각에 대해 어느 정도 상황이 정리되자 콜린은 재차 확인하기 위해 입을 열었다.

"케인 공자님이 직접 마법을 배우시는 것은 분명 쉽지 않은 길이 될 것입니다."

이미 검을 통해 마나를 다루는 경지에 오른 케인이다. 그러나 마법과 검술은 그 궤를 달리하는 학문이기 때문에 검의 수련을 병행한 채 마법을 익혀 차원 이동이라는 극에 이른 마법을 성공시키는 것은 사실상 불가능했다.

따라서 케인이 될 수 있을지 모를 차원 이동을 위해 검을 포기하고 마법을 배우는 것에 대해 다시 한 번 의지를 묻는 것이었다.

케인은 콜린이 자신의 스승을 자처한 것이 진심으로 자신을 돕기 위함임을 깨닫고는 각오를 다지며 콜린의 물음에 답했다.

"이미 각오한 일입니다."

*　　*　　*

예법, 검술 등 후계자 수업을 듣지 않게 된 케인은 거의 하루 종일 마법 수련에만 매진했다.

검사와 마법사는 마나를 수련하는 방식이 다르기에 케인이 오른 소드 유저의 경지는 마나를 쉽게 느끼게 해주는 것 외에는 별다른 도움이 되지 못했다.

콜린 자작은 헬리온 백작에게 케인을 가르치는 일을 인정받아 업무에 여유가 생겼는지 생각보다 많은 시간을 케인과 함께했다.

케인이 가장 먼저 한 일은 심장에 서클을 만드는 것이었다.

이미 마나를 느끼고 있었고, 고위 마법사인 콜린의 도움으로 순조롭게 서클을 생성해 낸 케인은 곧바로 본격적인 마법 공부를 시작했다.

서클은 만들어졌지만 아직 마법사라 부르기에 무리가 있던 케인은 콜린으로부터 마법 발동을 위한 마나 배열 이론을, 그리고 호흡과 명상을 통해 마나를 축적하고 서클을 구성하는 방법을 배워 나가면서 1서클이라는 가장 낮은 경지였지만 진정한 마법사가 되고 있었다.

그 와중에 케인이 생각보다 이 세계에 대한 지식이 얕다는 사실을 파악한 콜린은 대륙의 기본 지식과 특별한 힘에 대해서도 배움을 함께했다.

콜린의 설명에 따르면 현 대륙은 30년간의 혼돈 끝에 찾아온 안정기였다.

34년 전, 지금은 멸망해 몇몇의 왕국으로 찢겨졌지만 당시 최강국이던 케디에라 제국이 정복전쟁을 일으켰다.

그러나 또 다른 제국인 알티아 제국과 왕국연합의 거센 저항으로 6년간 소모전이 이어졌고, 양측 모두 큰 피해만 입고 물러나게 되었다.

6년간의 대륙전쟁 직후, 전쟁으로 인한 사기의 원념의 힘 때문이었는지 케디에라 제국의 국경선 부근 한 마을에서 7서클 흑마법사가 마왕을 소환하는 데 성공했다.

대륙전쟁으로 인한 피해가 아물기도 전에 등장한 마왕으로 인해 대륙 전역에 피바람이 불었다.

마을 밖으로만 나가도 곳곳에 몬스터가 들끓었고, 케디에라 제국은 이미 마물과 몬스터들에 의해 점령당했다.

그때 혜성처럼 등장한 것이 바로 헤론 교단과 5인의 영웅이었다.

각각의 특수한 능력을 앞세운 5인의 영웅과 마물들에게 상극인 신성력을 바탕으로 대륙연합군의 주축이 된 헤론 교단 위세를 힘입어 강림 8년 만에 마왕을 무찌르고 마물과 몬스터를 몰아낼 수 있었다.

그러나 계속된 전쟁으로 인해 대륙 전역의 나라와 영지들이 두 부류로 나뉘기 시작했다.

힘을 비축한 나라와 힘을 모두 소진한 나라, 피해를 입은 영지와 입지 않은 영지.

이러한 힘의 불균형은 또다시 대륙에 산발적인 국지전과 영지전을 일으켰다.

"…이러한 난세 속에 정착된 구도가 현재의 2강 5중 10약입니다."

콜린 자작이 30년이 넘는 긴 역사를 설명하고 숨을 돌렸다.

"특별한 힘을 지닌 5인의 영웅이라……. 어떤 특별한 힘이길래 마왕까지 물리칠 수 있었죠?"

영웅 이야기에 흥미를 보이는 케인을 보며 역시 아직은 혈기왕성한 소년이라고 생각한 콜린은 기다렸다는 듯 대답했다.

"속성력이라는 선택받은 자들의 힘입니다. 속성력을 지닌 자들의 힘은 같은 경지의 기사나 마법사를 크게 상회한다고 하더군요."

5인의 영웅은 각기 다른 속성을 지녔다.

화염, 뇌전, 바람, 염력, 그리고 성기사로 불렸던 마지막 영웅은 사제들보다도 더 큰 신성력을 지녔다고 한다.

현재에는 속성력이라 불리는 이러한 힘은 사실 예전부터 존재했지만 5인의 영웅만큼 큰 위력을 발휘한 적은 없었다.

"지금까지 속성력에 대해 공개적으로 밝혀진 바는 속성력은 타고난다는 것, 그리고 해당 속성력을 지닌 자가 사용하는 마법은 같은 마법이라도 더 큰 위력을 발휘한다는 것과 속성력 사용자의 능력에 따라 다르지만 원하는 대로 모양과 힘을 조절할 수 있다는 점뿐입니다."

"그렇다면 마법과 속성력은 다른 개념인 건가요?"

콜린의 설명을 듣던 케인이 고개를 갸웃거리며 물었다.

"마법이 마나의 배열과 캐스팅을 통해 강력한 위력을 낸다면, 속성력은 아무런 준비 동작도 없이 곧바로 시전자가 원하는 형태로 힘을 발현시키는 겁니다. 마법과 검술의 일종의 보조 능력 정도로 보시면 될 것 같습니다. 속성력을 사용하는 자들이 마나에 대한 친화력 또한 뛰어나기 때문에 대부분 검이나 마법을 익히니까요."

'흠, 일종의 파이어키네시스(불을 다루는 초능력)나 사이코

키네시스(염동력) 같은 초능력인가 보군.'

　속성력에 관한 콜린의 설명을 듣고 태성의 기억에서 엑스맨이라는 영화에 나오는 초능력자들을 떠올리던 케인은 속성력은 철저히 재능으로서 타고나야 한다는 뒷말에 급속히 흥미를 잃었다.

　콜린에게 마법을 배운 지 3개월째 케인은 2서클 마법사가 되어 있었다.

　콜린은 이러한 케인의 성장을 보면서 하루하루 놀라고 있었다. 저서클이라지만 두 번째 서클을 만드는 것은 아무리 천재라 불리는 사람들이라도 일 년 이상이 걸리는 일이다.

　그런데 케인은 반년도 되지 않아 심장에 두 번째 고리를 만드는 데 성공했다. 또한 케인이 마법을 중복 적용하는 능력과 하나의 원리로 다른 마법을 만들어내는 능력은 상상을 불허했다.

　마법사의 성장은 마나 양으로만 결정되는 것이 아니었기 때문에 소드 유저로서 이미 마나를 느끼고 있다는 것을 감안하더라도 놀라운 수준이었다.

　콜린은 물론 케인조차 예상하지 못한 결과였지만, 태성의 지식을 가지고 있는 이상 케인의 빠른 성장은 예정된 일이었다.

마법을 배우고 펼치기 위해서는 마법적 수식을 이해하고 계산하는 것이 필요한데, 이는 태성의 세계에 있는 과학이나 수학으로 표현할 수 있는 부분이 많아 큰 도움이 된 것이다.

태성의 기억이라는 특수함을 알 리 없는 콜린은 케인의 능력에 그저 경악하는 수밖에 없었다.

그러나 콜린이 놀라는 것과는 달리 케인의 기준에서는 그리 만족스럽지 못했다.

"이래선 너무 늦어. 차원 이동 마법을 배우기 전에 늙어 죽고 말 거야."

이미 엄청난 성장 속도를 보이고 있었지만 케인은 불평을 내뱉었다. 콜린이 들었다면 난리법석을 피울 말이었다.

이러한 케인의 불만은 판타지를 글로 배운 태성의 기억 때문이었다.

'주인공들 보면 순식간에 7, 8서클 마법사가 되던데…아?'

자신의 느린(?) 성장 속도를 한탄하던 케인은 자신의 문제점을 깨달았다.

자신에게 부족한 것은 마나 양이었다.

"휴우……."

케인으로부터 마나 양을 늘릴 방법을 찾아달라는 부탁을

받고 고심하던 콜린이 한숨을 내쉬었다.

사실 처음 콜린은 이 정도까지 케인에게 신경 쓸 생각은 아니었다. 그저 가르치는 만큼만 따라와 주면 다행이라고 생각했다. 마법사가 되는 것은 그리 쉬운 일이 아니었으니 당연한 생각이었다.

그런데 케인의 가공할 재능을 확인하고 자신의 가르침을 앞지르는 케인을 보고는 처음의 생각은 씻은 듯 사라지고 오히려 도움이 되지 못하는 자신이 미안하게 느껴졌다.

사실 콜린이 아무리 고민해 봐도 기연을 얻지 않는 이상 마나 호흡과 명상을 더 열심히 행하라는 것 외에는 뾰족한 수가 없었다.

마나를 늘릴 방법이 쉽게 찾을 수 있었다면 이미 모든 마법사들이 그 방법을 쓰고 있을 터였다.

"휴우……."

콜린은 지금도 차원 이동 마법과 마나 양을 늘리기 위해 머리를 싸매고 있을 케인을 생각하고는 다시 한숨을 내쉬었다.

하나, 콜린은 몰랐지만 케인은 이미 기연을 가지고 있었다. 태성의 기억이라는 기연 말이다.

콜린이 케인의 마나 양을 늘릴 방법에 대해 고민하고 있을 때, 연공실에선 케인이 명상에 심취해 있었다.

여러 판타지 소설을 즐겨봤던 태성의 기억을 통해 허무맹랑하지만 마나를 모으기 위한 여러 방법을 구상하고 있었던 것이다.

'보통 무협에서는 단전을 세 개로 하단전, 중단전, 상단전으로 나누던데……'

케인은 이미 마나가 채워져 있는 기사로서의 마나 홀 하단전을 떠올렸다.

명상을 하던 케인이 하단전을 떠올리며 숨을 들이쉬자 공기 중의 마나가 들숨을 통해 심장의 서클로 모여들었다가 날숨을 통해 밖으로 나가려는 순간 마나의 일부분이 아래로 내려와 마나 홀에 머물렀다.

"크흑!"

서클과 마나 홀 두 가지를 동시에 이용하는 마나 호흡을 두어 차례 지속하던 케인이 식은땀을 흘리며 신음을 흘렸다.

'마나 폭주!!'

마법사들의 서클을 파괴하는 마나의 충돌, 마나 폭주였다.

케인의 몸속에서 마나 호흡을 통해 자극받은 마나 홀의 마나와 서클의 마나가 충돌을 일으키기 시작한 것이다.

문제가 심각해진 것을 눈치챈 케인은 마나 호흡을 중지하고 충돌하는 마나를 다루기 위해 온 힘을 다했다.

'크흑! 이대로 포기할 수는……'

끈질긴 케인의 노력 덕분일까.

케인의 내부에서 휘몰아치던 마나가 조금씩 잠잠해지기 시작했다.

풀썩.

자신이 다룰 수 있는 마나의 한계를 넘어선 케인이 정신을 잃으며 쓰러졌다.

*　　*　　*

눈을 뜬 케인은 자신이 누워 있는 곳이 연공실이 아니라는 사실을 눈치챘다.

'난 분명 마나 폭주 때문에⋯⋯.'

"일어나셨습니까?"

깨어난 케인의 앞에는 콜린 자작이 어두운 표정을 지으며 서 있었다.

"이럴 수가⋯⋯. 마나 서클이 붕괴되다니⋯ 다른 방법은 없는 겁니까?"

깨어나 몸 상태에 대한 콜린의 설명을 들은 케인이 절망하며 물었다.

자신을 바라보는 하는 케인의 물음에 콜린 자작은 대답하지 못하고 눈을 피했다.

연공실에서 입가에 피를 흘리고 쓰러져 있는 케인을 발견한 콜린은 한눈에 상황이 심상치 않음을 파악하고는 케인의 몸 상태를 확인했었다.

'이럴 수가!'

케인을 살펴본 콜린은 속으로 신음을 내뱉었다.

케인이 겪은 것은 마나 폭주.

저서클 마법사에게서는 잘 일어나지 않는 사고이지만, 마나 폭주가 발생하면 백이면 백 서클이 붕괴되고 심할 경우 목숨을 잃게 된다.

다행히 케인의 경우 마나 양이 적어 목숨에는 지장이 없었고, 어찌 된 일인지 마나 홀과 심장의 마나 양은 오히려 증가했다.

하지만 콜린의 표정이 어두운 이유는 케인에게 지니고 있는 마나의 형태가 변했기 때문이다.

마나는 기존에 서클을 이루고 있던 형태에서 벗어나 케인의 심장 안에 축적되어 있었다. 분명 서클이 붕괴되었지만, 불행 중 다행인지 마나는 곧바로 흩어지지 않고 심장, 중단전에 안착되어 있는 것이다.

전체적인 마나 양에서는 오히려 증가했기에 곧바로 자신의 상태를 눈치채지 못했던 케인은 콜린의 설명을 듣고 절망했다.

룬어로 구성되는 마나의 서클은 단지 마나의 저장 용도뿐 아니라 체내의 마나와 체외의 마나를 공명시켜 적은 마나로도 큰 위력을 발휘하게 해주는 역할을 한다.

강대한 마나를 지닌 소드 마스터가 마법을 쓸 수 없는 이유가 바로 서클의 유무 때문인 것이다. 따라서 마나 양이 증가했음에도 케인은 마법을 사용할 수 없게 된 것이다.

콜린에게 마법사로서의 사형선고를 받은 후 케인은 며칠째 식음을 전폐하다가 무언가 생각나는 것이 있는지 앉아서 명상하기 시작했다.

'서클… 룬어… 서클……'

룬어를 해석할 순 없었지만 마나의 고리가 어떤 모양의 룬어로 이루어져 있는지는 잘 알고 있었다. 다만 그 룬어의 역할에 대해서는 생각하지 못했던 케인이다.

'서클 없이 체내의 마나를 의지만으로 사용할 순 없는 건가?'

'드래곤은 의지만으로 마법을 발현하는 용언 마법을 사용할 수 있다고 했는데… 인간이 하면 언령 마법.'

'의지… 의지… 원하는 대로… 원하는 대로라면… 속성력?'

꼬리에 꼬리를 무는 생각 속에 자신도 모르게 무아지경 속으로 빠져드는 케인이었다.

$$* \qquad * \qquad *$$

"후유……."

헬리온 백작은 며칠째 근심에 싸여 있었다.

며칠 전 콜린 자작으로부터 케인의 서클이 붕괴되었다는 소식을 들은 이후부터이다.

마법사의 서클 붕괴가 얼마나 심각한 일인지 잘 아는 헬리온 백작의 얼굴은 펴질 줄을 몰랐다.

마법에 천부적인 재능이 있다는 이야기에 후계자 자리를 포기한 케인에 대한 걱정이 조금씩 사그라지는 시기였다. 그런데 이런 날벼락이라니.

똑똑.

한숨이 가득한 헬리온 백작의 집무실에 노크 소리가 들려왔다.

"아버님, 저 샤온입니다."

"들어오너라."

근심 가득하던 헬리온 백작의 얼굴이 조금은 펴졌다.

검술은 물론 다방면에서 훌륭한 재능을 보여주고 있는 샤온에게 대견한 마음이 들지 않을 수 없었다.

"어쩐 일이냐?"

반가운 마음과는 다르게 헬리온 백작 특유의 무뚝뚝한 말투가 흘러나왔다.

"케인 형님에 대한 얘기를 들었습니다. 제 생각이지만 케인 형님에 대해서는 크게 걱정하지 않으셔도 될 것 같습니다."

샤온은 자신만만한 모습의 케인을 떠올리며 말했다.

"비록 서클이 붕괴되어 마법을 사용할 수 없게 되었다지만 그 외에는 다친 곳도 없고 마나 홀에도 이상이 없다고 하니 다시 검을 익히면 되지 않겠습니까?"

"흠, 하긴 그렇긴 하구나. 다시 검술을 익힌다면 오히려 더 좋은 일이겠지. 좌절하지 않고 다시 검을 익힐 수 있도록 네가 옆에서 신경 써주도록 하거라."

아마 케인이라면 비록 좌절하더라도 이내 딛고 일어나리라 생각하는 샤온이었다.

"네, 알겠습니다. 그보다 요즘처럼 주변 영지의 움직임이 수상한 때에 아버님이 흔들리는 모습을 보이시면 영지 전체가 흔들릴 수도 있습니다."

왕세자였던 현 국왕이 즉위한 지 6년이 지났다. 그동안 왕세자의 즉위를 반대하고 이왕자를 지지했던 세력이 귀족파를 이루었고, 그들과 국왕파의 대립으로 인해 왕국 분위기가 험악해진 상황이었다.

세력 구도의 변화를 꿈꾸는 누군가가 현재까지 중립을 고수하고 있는 헬리온 백작령을 침공할 수도 있었던 것이다.

"그래, 그 녀석은 잘해낼 게다. 내가 못난 모습을 보였구나."

기운을 차린 백작과 샤온은 왕국 내 흐르는 분위기에 대처하기 위해 대화를 이어나갔다.

*   *   *

"케인 공자님, 어서 오십시오."

"두 달 만에 뵙는군요. 그사이 많이 야위신 것 같습니다, 스승님."

5서클 마법사에게 사십대의 나이는 한창때였다. 벌써 노화가 올 리 없었다.

분명 자신의 사고에 대한 걱정과 자책감 때문이리라.

"스승이라는 호칭은 더 이상 저에게 어울리지 않습니다. 이전처럼 콜린 자작이라 불러주십시오, 공자님."

콜린 자작이 복잡한 표정으로 말했다.

이러한 반응은 케인도 예상한 것이었다.

신하의 입장에서 주군의 아들일 뿐만 아니라 엄청난 재능을 지닌 제자가 마나를 잃고 폐인이 될 뻔한 상황에 책임감을 느낄 수밖에 없었다.

"그럴 순 없습니다. 한번 스승님은 영원한 스승님입니다."

콜린 자작의 불편한 심정을 잘 아는 케인이었지만 계속해서 스승님이라 부르는 케인이었다.

"예, 그럼 편하신 대로 하십시오. 그런데 무슨 일로 오셨습니까?"

케인과의 자리가 부담되었기 때문에 서둘러 대화를 끝내려는 콜린이 곧바로 용건을 물었다.

"당연히 마법을 배우러 왔지요."

"……!"

케인의 대답에 콜린의 얼굴이 굳어졌다.

서클이 부서진 케인이 다시 마법을 배우러 왔다는 말에 감정이 요동쳤다.

'마나 폭주로 인한 충격이 컸던 탓일까.'

"공자님, 공자님께서는 서클에 손상을 입으셔서 더 이상 마법을 배우실 수가 없습니다."

충격으로 인해 자신의 서클이 붕괴되어 마법을 사용하지 못한다는 사실을 인정하지 못하는 것으로 판단한 콜린은 케인이 현실을 받아들일 수 있도록 설명하기 위해 입을 열었다.

"마나 서클 없이도 마법만 사용할 수 있으면 되지 않겠습니까?"

케인이 빙긋 웃으며 말했다.

"말씀드렸다시피 서클 없이는 마법 발현이 불가능합니다, 공자님."

콜린 자작이 답답함을 참으며 말했다.

"서클 없이도… 가능합니다."

"그게 무슨……."

콜린은 서클 없이 가능하다는 케인의 말이 무엇을 뜻하는지 이해하지 못했다. 하지만 곧이어 케인의 영창으로 만들어진 불덩이를 보며 콜린은 벌어진 입을 다물지 못했다.

손바닥 위에 떠 있는 화염의 크기를 더욱 키우며 케인이 환하게 웃었다.

"어, 어떻게 된 일입니까?"

아직까지 눈앞의 상황을 이해하지 못한 콜린 자작이 케인에게 설명을 요구했다.

그러곤 놀란 나머지 케인에게 동의도 구하지 않고 마나 스캔을 펼쳤다.

"마나 스캔!"

콜린 자작의 마법 실력에 이상이 생긴 것이 아니라면 분명 케인은 마나 서클을 복구시키지 못했다.

그러나 분명 케인의 펼쳐낸 마법은 3서클의 파이어볼이었다.

"마나 서클도 없이 어떻게……."

마법을 펼치는 모습을 보며 케인이 불가능하다고만 여겼던 마나 서클의 복구를 이루어낸 줄로만 안 콜린이다.

그것도 더 높은 경지를 이루며.

그러나 마나 스캔을 통해 이전과 변화가 없는 케인의 상태를 보고는 마음을 가라앉히며 케인의 설명을 기다렸다.

"…가능성이 있는 방법은 이것저것 모두 시도해 보았습니다. 비록 대부분이 실패로 돌아갔지만 계속된 시도 끝에 결국 성공했습니다. 아직 확실하진 않지만요."

케인의 시도는 마나 폭주를 경험할 때와 마찬가지였다.

무식하게도 책으로 배운 반쪽짜리 지식을 바탕으로 자신이 보기에 가능성이 있다고 여겨져 실천에 옮긴 것이다.

이런 무식한 방법을 시도하는 와중에 나흘간 쓰러져 있는 적도 있었고, 반드시 성공이라 생각한 방법임에도 아무 일도 없는 경험도 있었다.

"그렇게 몇 번의 실패를 통해 세 개의 결과를 얻어냈고, 마법이 바로 그 세 번째 결과물입니다."

"세 번째 결과라……. 그럼 다른 두 개의 결과는 무엇입니까?"

궁금함에 조급해진 콜린의 마음을 아는지 모르는지 케인은 느긋하게 설명하기 시작했다.

*　　*　　*

"정말로 한 번 부서진 서클을 회복시킬 수 있는 방법은 없는 건가?"

마법에 관련된 서적을 뒤적이던 케인은 서클 복구가 불가능하다는 것을 깨닫고는 서클에 대한 미련을 버렸다.

하지만 마법을 포기한 것은 아니었다.

"서클의 용도가 마나의 저장과 마나 사이의 공명을 유도하는 것이라……. 이미 알고 있는 내용이잖아."

사실 서클에 대해서는 이미 처음 마법을 배울 때 콜린으로부터 설명을 들었던 이야기다. 그러나 소리 내어 읽으며 다시한 번 뇌리에 되새기던 케인은 책을 덮어가다 말고 손뼉을 딱쳤다.

"아! 마나라면 충분하잖아! 그럼 룬어를 통한 공명만 유도해 낸다면……."

서클의 룬어가 마나의 공명을 일으킨다는 사실을 알고 케인이 생각해 낸 것은 인위적으로 룬어를 새기는 일이었다.

케인은 판단이 서자 즉시 서클을 이루고 있던 룬어들의 형태를 몸에 그려 나가기 시작했다.

"룬어의 모양도 똑같이 그렸는데도 공명이 일어나질 않는
군. 마나도 충분한데……."

그러나 공명은커녕 아무런 반응도 없었다. 사실 아무 일도
일어나지 않는 것은 당연했다.

서클을 통해 마법을 발현할 수 있는 것은 서클이 '룬어로
이루어진 마나의 고리'이기 때문이었다.

즉, 단순히 룬어 자체만으로 힘을 갖는 것이 아니라 마나와
의 상호작용을 통해서 공명을 일으킴으로써 큰 힘이 발생하
는 것이었다.

즉, 마나로 이루어진 룬어가 필요했다.

"그, 그래서 그다음은 어떻게 하신 겁니까?"

"제 마나를 변형시켰지요."

마나에까지 생각이 도달한 케인은 서클이 존재했지만 지
금은 사라지고 없는 심장을 생각했다.

'심장, 중단전의 표면을 서클처럼 룬어로 뒤덮는다
면…….'

그러나 상상은 쉬웠지만 마나로 이루어진 중단전의 표면
에 룬어를 새기는 일은 결코 쉽지 않았다.

"바로 여기서 첫 번째 결과물을 얻었죠."

화르륵, 치지직.

"......!"

양손에 하나씩 불과 뇌전을 일으키며 말하는 케인을 보고는 콜린의 눈이 경악으로 물들었다.

사실 5서클 마법사인 콜린에게 있어서 불과 뇌전의 힘을 발현시키는 것은 그리 놀라운 장면이 아니었다.

그럼에도 콜린이 이와 같이 놀라는 이유는 케인이 다루는 저 힘의 정체가 마법을 통해 만들어진 힘이 아니라 선택받은 자들의 힘으로 알려진 속성력이라는 것을 눈치챘기 때문이다.

케인이 마나 홀의 표면에 룬어를 새기기 위해 떠올린 방법은 바로 용언 마법, 혹은 언령 마법으로 불리는 의지로 발현되는 마법이었다.

"마법의 종주라는 드래곤의 마나 저장고인 드래곤하트가 룬어로 이루어져 있다는 얘기도 들어본 적이 없어. 그리고 드래곤이니 9서클 마법사니 하는 강한 놈들은 죄다 외치기만 하면 마법이 발현되잖아? 모두 뜬구름 잡는 이야기만은 아니었을 거야."

케인은 태성의 기억에서 자신이 읽은 소설 중에는 드래곤이 캐스팅을 하거나 주문을 외우는 장면이 없다는 사실을 떠올렸다.

"마법을 영창해야만 마나가 움직이는 것은 아닐 텐데……."

마나를 움직이는 방법에 대해 고민하던 케인은 콜린이 했던 이야기를 떠올렸다. 자신의 의지대로, 원하는 대로 다루는 힘, 속성력에 대한 이야기였다.

케인이 언령 마법과 비슷하게 여긴 힘이 바로 의지로 조절되는 속성력이었다. 비록 언령 마법과 속성력은 전혀 다른 개념이었지만, 오히려 그 차이를 잘 몰랐던 덕분에 케인은 의지를 통해 마나를 움직일 수 있게 되었고, 더불어 속성력까지 얻게 된 것이다.

마나를 의지로 조절할 수 있다는 강한 믿음을 통해 선택받은 존재만이 지닐 수 있다는 속성력을 하나도 아닌 여러 개의 속성력을 동시에 지니게 된 것이다.

루스케니아 대륙의 상식을 파괴하는 케인을 보며 더 이상 당황할 힘도 없는지 콜린은 헛웃음을 내뱉으며 읊조렸다.

"허허허……. 그래, 마나를 의지로 조절할 수 있다면 심장에 자리 잡은 마나 홀에 룬어를 새겨 넣는 것도 불가능하지만은 않을 테지."

콜린 자작은 이제야 이해가 간다는 듯 고개를 끄덕였다.

"두 번째 결과물은 별것 아닙니다. 심장에 서클이 아닌 마나 홀을 통해 마법을 발현시켜서인지 하단전의 마나로도 마법을 사용할 수 있는 것 같습니다."

케인이 별일 아니라는 듯 말했지만 두 번째 결과는 결코 가벼운 내용이 아니었다.

마나 연공법으로 채워가는 기사들의 마나 홀과 호흡과 명상으로 채워지는 마법사들의 서클은 같은 시간을 통해 얻는 마나 양에서 마나 홀이 크게 앞섰다.

하지만 적은 마나를 가지고도 마법사들이 오히려 기사들보다 더 큰 위력을 낼 수 있는 이유가 바로 서클을 통한 외부 마나와의 공명 때문이었다.

따라서 서클이 아닌 마나 홀을, 그것도 두 개나 지닌 케인은 일반 마법사보다 최소한 두 배 이상의 마나 양을 지니게 된 것이다.

"공자님, 이제 어찌하실 생각입니까?"

케인의 이야기를 모두 들은 콜린이 케인에게 물었다.

아직 불완전한 발견이지만 케인이 찾아낸 발견은 사용하기에 따라 마법사들의 위치에 큰 영향을 끼칠 것이 분명했기 때문에 앞으로 케인의 행보가 궁금할 수밖에 없었다.

"글쎄요. 아직 저조차 제가 찾은 결과물들에 대해 어떤 장단점이 더 숨어 있는지 알 수 없으니 그 때문에 조언을 구하고자 스승님을 찾아온 것입니다."

불과 방 안에 들어왔을 때만 하더라도 스승이란 말에 큰 부담을 느끼던 콜린은 이제는 대견한 표정으로 케인을 바라보며 말했다.

"자세히 밝혀진 것도, 확실한 것도 없으니 일단 좀 더 연구를 해보고 판단은 그 뒤로 미루는 게 어떻겠습니까?"

CHAPTER
03

변경백, 헬리온 백작

변경백은 백작 이상의 국경의 방어를 책임지는 임무를 맡은 귀족들을 가리키는 호칭이다.

그리고 변경백 귀족 대부분이 국경을 보호하기 위해 다른 귀족들보다 강한 세력을 지니고 있었다.

타국의 국경과 영지를 맞대고 있지 않은 헬리온 백작가가 변경백으로 불리는 일은 이상한 일이었다.

그러나 이러한 현상은 비단 알케리온 왕국에만 국한된 것이 아니었다.

20년 전, 마왕의 패퇴 이후 제어가 풀린 수많은 마물과 몬스터들이 대륙 각지로 숨어들었다.

그중 특히나 많은 마물이 숨어든 지역 곳곳을 대륙인들은 몬스터랜드라 부르며 피해 다니기 시작했고, 자국 내 몬스터 랜드가 생긴 왕국들은 몬스터랜드로 인한 문제를 해결하고자 했다.

그리고 대부분의 문제 해결을 위한 방법으로 택한 것이 알 케리온 왕국의 헬리온 백작가와 같이 변경백 가문을 두는 것 이었다.

다만 헬리온 백작가가 막고 있는 몬스터랜드는 다른 지역 의 것과는 달리 특이한 점이 있었다.

바로 대부분의 몬스터랜드가 산맥이나 협곡 등에 위치한 것과는 다르게, 한 달에 사흘씩 대륙과 길이 이어지는 것이 그 특징이었다.

헬리온 백작가의 몬스터랜드는 하나의 섬(Island)이었다.

*　　*　　*

"타핫!!"

병사들의 우렁찬 기합 소리가 백작가 대연무장에 울려 퍼 졌다.

최선을 다하고 있는 병사들이었지만 곳곳에서 교관과 조

교들에게 얼차려를 받는 모습이 보였다.

훈련받는 병사들은 힘든 훈련과 깐깐한 교관 등에게 억울함을 호소할 법했지만, 시기가 시기인 만큼 눈치를 보며 훈련에 임했다.

올해가 바로 12년 만에 돌아오는 '피와 광기의 해'였기 때문이다.

기합 소리를 들으며 발걸음을 옮기던 헬리온 백작이 문을 열고 들어서자 회의장 안의 귀족들이 자리에서 일어나며 헬리온 백작을 맞이했다.

"모두 자리에 앉으시오. 모인 이유는 모두들 잘 알고 있을 테니 곧바로 새해 첫 회의를 시작하도록 하겠소."

허례허식을 좋아하지 않는 헬리온 백작답게 곧바로 회의를 진행시켰다.

"제 생각을 먼저 말씀드리겠습니다."

2년 전 콜린 자작이 마법연구 도중 부상을 입었다는 핑계로 갑작스레 수석마법사의 직책을 내려놓은 후 새로이 수석마법사의 직책을 맡은 마법사 탈론이었다.

헬리온 백작이 탈론을 바라보았다.

영지의 다른 모두는 콜린이 치료를 위한 요양 중인 것으로 알고 있지만, 실제로는 케인과 함께 마법연구를 위해 저택에서 꼼짝 않고 폐관에 든 것이었다.

그리고 탈론은 콜린이 케인과 함께 저택에서 폐관함으로 인해 생긴 백작가의 마법 전력 공백을 메우기 위해 헬리온 백작이 높은 대우를 보장하며 데려온 헬른 마탑의 5서클 마법사였다.

"올해가 12년 만의 '피와 광기의 해' 이지만 2년간 지켜본 용맹한 헬리온 백작가의 저력이라면 약간의 지원만으로도 큰 문제는 없을 것으로 생각됩니다."

탈론이 자신의 생각을 말하고 자리에 앉았다.

회의장의 몇몇 젊은 귀족들은 탈론의 의견에 동조하는 듯 고개를 끄덕였다.

하지만 대부분의 가신들은 표정을 굳히며 탈론을 쳐다보았다. 특히 12년 전, 올해와 같은 '피와 광기의 해' 에 직접 검을 휘둘렀던 왓슨 남작은 탈론의 여유에 크게 반박했다.

"그건 몬스터랜드를 직접 겪지 못했으니 하시는 말씀입니다!"

"저도 왓슨 남작님과 같은 생각입니다!"

3년 전 공식적으로 소가주가 되어 가문의 대소사에 참여하기 시작한 스무 살의 샤온이 월슨 남작의 의견을 지지했다.

"저 또한 나이가 어려 12년 전에 직접 경험해 보진 못했지만, 그 당시 피해가 상상 이상이었다는 것은 잘 알고 있습니다. 여러분께서는 몬스터랜드의 광기를 대륙 일반 몬스터들

의 광기와 비교해서는 안 된다는 점을 잊으셔서는 안 됩니
다.”

몬스터랜드의 위험성을 직접 경험한 노귀족들은 샤온의
말에 크게 동의했다.

그러나 탈론은 자신의 의견이 무시당하자 크게 기분이 상
했지만, 샤온을 보며 고개를 끄덕이는 헬리온 백작을 보고는
애써 표정을 감췄다.

*   *   *

“ ‘피와 광기의 해’ 인 올해. 큰 피해가 예상됨에 따라 몬스
터들의 난동을 저지하기 위하여 총 3천의 병력을 고던 성으
로 파견할 것이다!”

헬리온 백작의 말을 끝으로 회의가 끝났다. 한참의 시간을
들여 진행된 백작가의 회의에서 올해 파견할 병력이 최종적
으로 결정되어진 것이다.

몬스터들이 뛰쳐나오기 전에 미리 3천이라는 큰 규모의 군
을 조직해 고던 성으로 보내기로 결정됨에 따라 백작령 전체
가 술렁이기 시작했다.

특히나 3천이라는 병력은 여태껏 백작가에서 몬스터랜드
에 파견했던 병력 중 최고 규모의 병력이었기에 그 술렁임은

쉽게 멈추지 않았다.

그리고 그중 가장 말이 많이 나오는 곳이 바로 고던 성 내부였다.

"자네 알고 있나? 올해가 바로 그 해라는 것 말일세."

성벽 위에서 보초를 서던 제코라는 이름의 중년 병사가 함께 근무를 서는 랜튼이라는, 청년이라기엔 너무 어리고 소년이라기엔 큰 앳된 병사에게 말을 건넸다.

"휴우, 말만 들어선 상상이 가질 않습니다. 작년에도 수백이 넘는 몬스터가 밀고 내려왔다던데 그것과는 비교도 되지 않을 정도라고 하니……."

랜튼이 작년의 몬스터 침공 이야기를 떠올리며 부르르 떨었다.

"조심해야 할 거야. 이 고던 성이 바로 올해를 위해 세워졌다고 하면 믿겠나?"

제코가 아는 척을 하며 겁을 줬다.

하지만 불행하게도 제코의 말은 사실이었다.

과거에는 테오 섬으로 불리던 지금의 몬스터랜드는 달의 마력으로 인해 한 달에 나흘, 해가 진 후 어둠이 찾아드는 동안 대륙과 이어지는 길이 생긴다.

보통의 기간에는 나흘 동안 백여 마리 안팎의 소형 몬스터들이 섬을 나와 백작령을 침공했다.

그러나 1년에 한 번, 겨울이 가고 봄이 찾아오는 달이 되면 하루에 백 마리가 넘는 몬스터가 뛰쳐나온다.

그렇게 나흘 동안 쏟아지는 몬스터가 수백 마리. 때문에 겨울인 지금부터 미리 그에 대한 준비를 시작하는 것이다.

그러나 이것뿐이라면 막대한 돈을 들여 고던 성을 이렇게 크고 튼튼하게 지었을 리 만무했다.

성이 세워진 가장 큰 이유가 바로 제코의 말대로 '피와 광기의 해'를 무사히 넘기기 위함이었다.

평소 몬스터랜드에서 뛰쳐나오는 몬스터들이 식량 문제와 영역 다툼에서 밀려난 약한 몬스터들이다.

반면, 광기의 해, 그중에서도 봄이 찾아오는 달에 벌어지는 몬스터들의 침공은 그야말로 엄청났다.

좁은 땅에 묶여 있던 마물과 몬스터들이 광기에 사로잡혀 폭발하듯 뛰쳐나오는 것이었다.

12년 전, 평소와는 다른 몬스터들의 규모에 백작령은 엄청난 피해를 입었다.

만약 대륙과 섬이 연결되는 기간이 4일 이상이었더라면 백작령을 넘어 왕국 전역이 피해를 입을 수도 있는 상황이었다.

과거와 같은 피해를 입지 않기 위해 미리 군을 조직해 고던 성으로 보냈지만, 헬리온 백작은 오히려 더 불안해졌다.

대영주로서 지닌 강인함 뒤에 숨겨진 정이 많은 헬리온 백작은 고던 성으로 떠난 샤온을 떠올렸다.

스무 살이라는 어린 나이에 비록 초급이지만 벌써 소드 익스퍼트 경지에 오른 검사이고, 3년 사이 소가주로서의 입지를 완벽하게 다진 샤온이다.

분명 자신의 뒤를 이어 훌륭한 영주가 될 터였다.

전장으로 떠난 샤온을 생각하던 헬리온 백작은 연락도 없이 2년간 콜린 자작과 함께 마법 수련만 하고 있는 케인의 안부가 궁금해졌다.

*　　　*　　　*

"올해에는 큰 피해 없이 잘 보낼 수 있을지 모르겠습니다."

"샤온 공자님이 걱정되시나 보군요. 월콧 자작이 직접 군을 이끈다고 하니 큰 걱정은 않으셔도 될 것 같습니다."

월콧 자작은 왕국 전체를 통틀어도 20명이 안 된다는 블레이드 나이트다.

변경백인 헬리온 백작가에서도 블레이드 나이트는 단 둘밖에 없을 정도로 귀한 존재였고, 소드 마스터가 없는 알케리온 왕국으로서는 최고의 실력자나 마찬가지인 것이다.

"월콧 자작님이라면 믿을 수 있지요."

월콧 자작이 함께한다는 말에 안심하는 케인이었다.

"그보다 저희도 이제 마법서를 구하러 나가봐야 하지 않겠습니까?"

콜린과 함께 2년이 넘는 기간 동안 자신이 발견한 독창적인 마법 이론을 완성시킨 케인이 드디어 움직이기 시작했다.

*   *   *

겨울이 지나고 봄이 찾아오는 달이 왔다.

"드디어 오늘이구만. 이 몸은 12년 전에도 살아남은 몸이야. 내 옆에만 찰싹 달라붙어 있으라고."

제코의 허풍에 주위 병사들은 이상한 놈 다 보겠다는 표정으로 자리를 옮겼다.

병사들의 생각은 당연했다. 12년 전의 전투에서도 살아남은 놈이 여태껏 고작 말단 병사일 리가 없다. 몬스터가 무서워 숨어 있었거나 거짓말이거나 둘 중 하나인 것이다.

그러나 이미 제코의 신봉자가 된 어린 병사가 있었으니 그 병사의 이름은 랜튼.

몇 달 전부터 제코의 무용담에 세뇌당한 소년이었다.

어둠이 몰려오고 성안은 긴장감으로 둘러싸였다.

병력의 배치 현황을 확인한 월콧 자작은 전방을 주시했다.

'성내의 병사 수만 3,500, 기사와 마법사까지 있는 이상 수성에는 실패할 수가 없다. 다만 얼마나 적은 피해로 물리치느냐 하는 것인데…….'

몬스터랜드의 광기를 알고 있는 월콧 자작이었지만 미리 준비된 군대는 만만치 않은 전력이다.

수많은 몬스터들이 뛰쳐나온다 해도 4일간 나누어져 나올 것이고, 체계적이지 못한 몬스터의 침공일 뿐이다.

작은 규모의 성이지만 수성전이라면 패배할 리 없다고 생각하는 월콧 자작이었다.

'샤온 공자님께도 좋은 경험이 될 테지.'

헬리온 백작가의 주요 가신인 월콧 자작은 개인적으로는 샤온의 검술 스승이었다.

월콧 자작은 이번 파견에서 샤온의 참전을 반겼다.

그 이유는 검사에게 있어서 실전 경험이 얼마나 중요한지 잘 알고 있었고, 또한 3천이 넘는 병력 규모와 블레이드 나이트인 자신의 존재로 인해 샤온의 안전에 대한 확신이 있었기 때문이다.

"오, 온다."

자정이 넘어서자 어둠을 뚫고 몬스터 특유의 붉은 안광이 비치기 시작했다.

"모두 자리를 지켜라! 놈들이 할 수 있는 것은 고작 날뛰는 것뿐이다!"

서서히 모습을 드러내는 몬스터들을 보며 월콧 자작이 병사들을 독려했다.

크르르!

어느새 몬스터들이 울부짖는 소리가 들릴 정도로 가까이 다가왔다.

코앞까지 다가온 몬스터들의 면면을 살피던 병사들의 표정이 하얗게 질렸다.

코볼트 같은 소형 몬스터뿐 아니라 곳곳에 오우거와 같은 대형 몬스터까지 보였던 것이다.

"자기들끼리 벌써 한바탕 하고 온 모양이군요."

성벽 위에서 소드 익스퍼트의 안력으로 몬스터들을 살피던 샤온이 이미 여기저기 몬스터들의 몸에 묻어 있는 푸른 피를 보고 말했다.

"결국은 본능에 따르는 몬스터들일 뿐이니까요."

별것 아니라는 듯한 말투와는 다르게 월콧 자작의 손은 이미 검의 손잡이에 가 있었다.

크앙!

오우거 한 마리가 성벽을 향해 뛰어들었다.

오우거의 포효가 신호탄이 된 것일까?

천천히 다가오던 몬스터들이 동시에 달려들기 시작했다.

"발사!!"

준비하고 있던 궁수들에게 지휘관들의 공격 명령이 떨어졌다.

슈슈슉!!

쿠엑!!

쏟아지는 화살에 순식간에 수십 마리의 몬스터가 쓰러졌다.

성벽에 도달하기도 전에 수많은 적을 처리하고 있는 백작군이었지만, 월콧 자작의 표정은 그리 밝지 못했다.

화살 공격으로 수많은 몬스터들이 피를 뿌리며 쓰러졌지만 트롤과 오우거 같은 상위 몬스터들은 질긴 가죽과 재생력으로 이미 성벽 앞까지 도달해 있었다.

쾅! 쾅!

"파이어볼!!"

어느새 성문을 두드리고 있는 오우거를 보며 성벽 위의 마법사가 마법을 쏘아 보냈다.

무방비 상태에서 머리에 직격탄을 맞은 오우거의 몸이 그대로 무너져 내렸다.

해가 뜨고 점점 몬스터의 숫자가 줄어들었다.

계속된 전투를 통해 몬스터들이 쓰러지고 있는 와중에 달이 지고 대륙과 섬 사이의 길이 물에 잠기면서 몬스터들의 유입이 중단되었기 때문이다.

꾸엑!

마지막 오크가 화살에 맞아 쓰러지면서 첫날의 전투가 막을 내렸다.

"이 정도라면 큰 피해 없이 버틸 수 있겠습니다."

몬스터들의 시체로 가득 메워진 성문 앞을 바라보며 샤온이 말했다.

"이 정도로 유지된다면 그렇겠습니다만, 아직 방심하기엔 이릅니다."

"물론입니다. 그보다 화살을 좀 더 받아와야 할 것 같습니다. 생각보다 많은 양이 소모되는군요."

월콧의 말에 샤온이 고개를 끄덕이며 대답했다.

상당히 적은 피해로 첫 번째 밤을 보낸 백작군의 사기가 하늘을 찔렀다.

천여 마리에 달하는 몬스터를, 그것도 기사들조차 함부로 맞설 수 없는 대형 몬스터까지 포함된 몬스터 군을 경미한 피해로 막아냈으니 사기가 높아지는 것은 당연한 일이었다.

그러나 오늘은 단지 시작일 뿐이었고, 하루하루 지날수록 섬 중심에 자리 잡고 있는 더욱 강한 몬스터들이 뛰쳐나온다는 사실을 알지 못했다.

*   *   *

고던 성의 3일 차 전투가 끝났다.

이제 하루만 더 견디면 몬스터랜드의 가장 큰 위협은 넘기는 것이다.

그러나 지휘 막사에서 회의를 하는 지휘관들의 표정은 어둡기만 했다.

"이제 마지막 하루만이 남았을 뿐이다. 경들은 어찌하면 좋겠나?"

"이대로라면 막아낸다 하더라도 큰 피해를 입을 것입니다. 원군을 요청하는 것이 좋을 듯싶습니다."

월콧 자작의 물음에 지휘관들은 원군 요청을 주장했다.

"왕국 내 분위기를 아시면서 하는 말씀이십니까?!"

이어지는 샤온의 반박에 지휘관들은 꿀 먹은 벙어리가 되었다.

하루 이틀일지라도 영지수비군을 이곳으로 불러들인다면 백작령은 텅 비게 된다. 백작가의 존재를 껄끄럽게 생각하는 누군가가 영지군이 자리를 비운 사실을 알게 된다면 백작령이 침략받게 될 수도 있는 것이다.

그 사실을 알고 있는 고던 성의 지휘관들은 지원 요청을 해야 된다, 하지 말아야 한다 하며 옥신각신 시간만 흘려보냈다.

회의장에서 지휘관들이 마지막 하루를 어떻게 버틸지 이야기하는 동안 제코가 흙바닥에 주저앉아 정신을 차리지 못하고 있는 랜튼을 발견하고 다가갔다.

"어이, 랜튼, 이제 좀 살 만한가??"

"아, 아직 살아 있는 게 다행입니다."

능글맞은 표정으로 묻는 제코와는 다르게 전투의 공포가 가시지 않았는지 말을 더듬는 랜튼이었다.

"제코 아저씨는 무슨 일을 하시던 분이기에 그렇게 잘 싸우십니까?"

지난밤 어둠을 가르며 검을 휘두르던 제코를 떠올린 랜튼이 물었다.

사실 성내 병사의 3분의 1에 가까운 숫자를 시체로 만든 사흘의 전투를 치르고도 제코와 랜튼이 멀쩡한 몸으로 대화를 나눌 수 있는 건 운 때문이 아니었다.

찰싹!

"알면 다친다, 이놈아. 하하!"

솥뚜껑 같은 손으로 랜튼의 등짝을 후려친 제코는 부서진 성문을 보수하는 데 한창인 작업 현장으로 걸어갔다.

"같이 가요, 아저씨!"

제코와 랜튼이 대화하는 동안 회의는 원군 요청 없이 버티는 것으로 마무리되었다.

이러한 결정을 내린 것은 오늘 밤의 전투에 대한 자신감 때문은 결코 아니었다. 알케리온 왕국 전역에 퍼져 있는 긴장감으로 인해 백작령에 부담을 줄 수 없기 탓이었다.

국왕파와 귀족파로 나뉘어져 유지되던 구도가 조금씩 귀족파에게로 기울어져 지금에 와서는 귀족파 귀족들이 국왕파 귀족들에게 조금씩 도발을 자행하고 있었다.

이러한 정세 속에서 헬리온 백작가와 같은 중립 귀족들은 주위의 힘에 밀려 한쪽 파에 가담하거나 영지전을 통해 흡수될 확률이 높다. 그리고 그 대상은 우세를 점하고 있는 귀족파가 될 확률이 현격히 높았다.

징병할 시간도 없이 당일 중으로 병력을 지원하려면 실질적으로 영지를 보호하는 영지 수비군이 직접 오는 수밖에 없었고, 그리되면 백작령의 안전을 보장할 수 없었다.

이런 결론을 내린 월콧 자작은 힘들더라도 현재 고던 성 내부의 병력만으로 수성을 해낼 생각이었다.

"파이어볼!!"

쾅!

몰려드는 몬스터 무리 속에 큰 폭발이 일어났다.

"기사들은 성문을 막아라!! 절대 뚫려선 안 된다!"

끊임없이 밀려오는 몬스터들의 공격을 막아낼 수 있었던 건 바로 성벽 때문이었다. 체계적이지 못한 몬스터들을 성벽을 이용해 상대했기에 버틸 수 있었던 것이다.

만약 성문이 뚫려 난전이 발생한다면 고던 성은 한순간에 무너지고 말 것이다.

크르르.

"웨어울프다!!"

기사들이 성문을 방어하기 위해 자리를 비운 성벽 위로 은빛 갈기를 지닌 늑대인간들이 등장했다.

"으악!!"

뛰어난 도약력과 발톱으로 성벽을 오른 웨어울프가 성벽 위를 휘젓기 시작하면서 아비규환이 일어났다.

오우거나 트롤과 같은 몬스터보다는 약했지만, 일반 병사들만으로 웨어울프를 상대하는 것은 무리였다.

"아, 안 돼!"

웨어울프가 자신을 향해 달려오며 기다란 팔을 치켜들자 랜튼은 눈을 질끈 감았다.

푸욱!!

랜튼은 자신의 얼굴에 쏟아지는 뜨거운 액체에 눈을 떴다.

"아, 아저씨!!"

웨어울프의 가슴에서 검을 빼내는 사내가 제코라는 것을 확인한 랜튼이 울먹이며 소리쳤다.

다행히 숫자가 많지 않은 탓인지 웨어울프의 난동도 어느 정도 정리가 되어가고 있었다.

성문을 막으러 간 월콧 자작과 기사단을 대신해 샤온과 그의 호위기사 셋이 오러를 피워 올리며 빠르게 웨어울프들을 베어나갔고, 몬스터랜드를 코앞에 두고 있는 헬리온 백작가의 병사들답게 침착하게 대응하고 있었기 때문이다.

첫 실전에 몸을 부르르 떨던 샤온이 성문을 바라보았다.

"오러… 블레이드!"

그곳에는 검을 소유한 자, 블레이더, 혹은 블레이드 나이트라 불리는 헬리온 백작가의 방패 월콧 자작이 눈부신 오러블레이드를 뿜어내며 무너진 성문을 대신하여 길목을 굳건히 지키고 있었다.

오크는 물론 오우거와 같은 강력한 몬스터도 월콧의 검을 지나 성안으로 들어오지 못했다.

"뭣들 하느냐!! 멈추지 말고 화살을 계속 쏴라!"

월콧 자작의 활약에 자신의 할 일을 잊고 있던 병사들이 지휘관의 호통에 정신을 차렸다.

　'흐읍.'

　사기가 잔뜩 오른 병사들과는 다르게 당사자인 월콧 자작은 속으로 신음을 내뱉었다.

　'버틸 수 있는 시간은 십 분 남짓밖에 안 남았구나. 최대한 더 시간을 벌어야 한다.'

　마나 홀에 남아 있는 마나 양을 체크한 월콧은 자신이 빠지고 난 후 발생할 피해를 떠올리고는 이를 악물었다.

　10분여가 지나자 몬스터들의 몸을 사정없이 가르던 월콧 자작의 검에 맺힌 오러블레이드가 옅어지더니 급기야 빛을 잃고 말았다.

　그와 동시에 뒤에서 대기하던 기사들이 월콧의 자리를 대신했고, 월콧 자작이 몸을 뒤로 뺐다.

　월콧 자작이 빠진 자리를 기사들이 번갈아가며 지키고 있지만 전과는 다르게 기사들 사이사이로 몬스터들의 난입이 발생했고, 경지가 낮은 기사들은 오히려 몬스터들에게 상처를 입고 뒤로 물러났다.

　"해, 해가 떴다!!"

　정신없이 계속되는 전투 와중에 한 병사가 소리쳤다.

　새벽이 밝았으니 더 이상 몬스터들이 넘어오지는 못할 것이다. 그러나 병사들의 표정은 그리 밝지 못했다.

이미 넘어온 눈앞의 몬스터들의 숫자가 상당했기 때문이다.

와아!!

그때 병사들에게 구원의 함성이 들려왔다.

"모두 짓밟아라!! 고던 성의 병사들을 구하라!!"

2천여 명의 영지 수비군과 30여 명의 기사를 이끌고 달려온 헬리온 백작이었다.

본인 스스로가 소드 익스퍼트 상급의 기사이기도 한 헬리온 백작은 선두에 서서 몬스터를 도륙하기 시작했다.

"지원군이다!! 헬리온 백작님께서 이곳에 오셨다!!"

이미 지칠 대로 지친 고던 성의 병사들이었지만, 원군의 소식에, 그것도 헬리온 백작이 직접 원군을 이끌고 왔다는 소식에 눈빛이 살아나기 시작했다.

그리고 그렇게 찾아온 지원군은 이내 성문까지 진격해 들어왔고 그 선두에는 당연히 기사들과 헬리온 백작이 있었다.

"영지는 어떻게 하고 이곳까지 오신 겁니까?"

백작의 도움으로 더욱 큰 피해를 입을 수 있는 상황을 벗어난 윌콧 자작이었지만 헬리온 백작의 지원을 나무랄 수밖에 없었다.

"이곳의 상황을 들었는데 어찌 내버려 둘 수 있겠나?"

"하지만… 감사합니다."

기존 3,500명의 병사 중에 2천에 가까운 숫자가 죽거나 다쳤다. 지원군이 오지 않았다면 큰 피해를 입을 것이 분명했기에 월콧 자작은 말을 잇지 못했다.

"아무 생각 없이 이곳에 온 것이 아니니 너무 나무라지 말게나."

말을 마친 백작은 자신의 기사들과 함께 전방으로 나섰다.

지원군과 어느 정도 마나를 회복한 월콧 자작이 또다시 활약하면서 이번 상황은 종결될 수 있었다.

*   *   *

'다행이군.'

고던 성의 전투가 끝나고 서둘러 돌아온 헬리온 백작은 아무 일도 일어나지 않은 영지를 보고 안도의 한숨을 내쉬었다.

일주일 전 귀족파의 수장인 베론 공작으로부터 한 통의 서신이 도착한 바 있다.

그 내용인 즉, 자신들과 뜻을 함께하여 대의를 이루자고 되어 있었지만, 그 속내는 괜한 자존심을 부리지 말고 순순히 고개를 숙이라는 것이었다.

서신에 담긴 뜻을 모를 리 없는 헬리온 백작이었다.

안 그래도 정세가 심상치 않아 고던 성을 돕기가 꺼려지는 상황이었지만 베론 공작의 편지에서 성급히 영지를 공격하려는 의도가 보이지 않자 곧바로 지원군을 이끌고 간 헬리온 백작이었다.

"회의를 소집하라!"

고던 성에서 돌아온 헬리온 백작은 더 이상 중립을 외치며 방관할 수 있는 시기가 지나갔음을 깨닫고 백작가의 가신들을 불러 모았다. 어느 쪽이든 선택을 해야만 하는 때가 온 것이다.

몬스터랜드의 가장 큰 위험인 봄이 찾아오는 달이 지났으니 앞으로는 고던 성의 잔류 병력으로도 큰 무리 없이 막아낼 수 있었다.

이제는 몬스터가 아닌 같은 인간과의 전쟁에서 살아남기 위해 고민해야 될 때인 것이다.

헬리온 백작이 베론 공작에게 받은 서신의 내용을 공개하자 가신들은 의견이 중구난방으로 갈렸다.

"대세를 거스를 순 없습니다! 귀족파에 가담하는 것이 영지를 위해서도 저희를 위해서도 가장 현명한 방법일 겁니다."

"국왕 폐하께서 아직 정정하시거늘, 반역에라도 가담하자는 것이오?"

"아직은 상황을 좀 더 두고 봐야 하지 않겠습니까?"

"그만!!"

갈팡질팡하는 귀족들을 보며 헬리온 백작이 입을 열었다.

"이미 베론 공작과 귀족파 세력들이 국왕파 귀족들을 압박하기 시작했소. 여기서 우리까지 귀족파의 손을 들면 알케리온 왕가의 주인이 바뀌는 것은 시간문제가 되고 말 테지."

잠시 숨을 고르던 헬리온 백작이 마음을 굳힌 듯 말했다.

"그동안 중립을 표방했지만 헬리온 백작가는 엄연한 알케리온 왕국의 방패이자 기사의 가문. 더 이상 알케리온 왕가에 무례를 일으키는 귀족파를 두고 볼 수 없다!"

국왕파로의 가담. 전체적으로 귀족파에게 밀리고 있는 국왕파에 가담하는 것은 자칫 돌이킬 수 없는 피해를 가져올 수 있는 선택이었지만 백작의 결정에 반박하는 가신은 아무도 없었다.

*　　　*　　　*

그렇게 헬리온 백작가의 의지가 알케리온 왕궁으로 전해지고 있을 때쯤, 수도에 있는 아이센 마탑지부는 오랜만에 온 큰 손님들을 받았다.

보통 포션이나 자질구레한 마법 물품들을 판매하던 마탑 지부에 손님들이 요구한 것은 6서클 마법서였다. 고작 작은 지부에서 마음대로 처리할 만큼 만만한 물건이 아니었다.

손님들의 정체는 케인과 콜린이었다.

"마음 같아선 7서클 마법서도 미리 사고 싶군."

"7서클 마법서는 마탑이라 하더라도 몇 없을 것입니다. 7서클은 그 경지에 오른 마법사가 직접 자신의 마법을 창조해 내는 것이 일반적이지요."

마법을 배운 지 3년밖에 되지 않은 케인이 7서클 마법서를 탐내고 있는 상황에 어이가 없을 법한 콜린이지만, 케인의 상식이 낮다는 것을 감안해서일까, 터무니없는 말임에도 당황하지 않고 성심껏 대답하는 콜린이었다.

잠시 기다리자 아이센 마탑 알케리온 왕국 지부장이 본탑과의 통신 마법을 끝내고 허겁지겁 뛰어나왔다.

"콜린 자작님, 아이센 마탑 소속의 5서클 마법사시더군요."

그사이 콜린의 신원을 조회했는지 마탑에 등록되어 있는 콜린의 경지를 언급하며 바라보는 지부장의 눈빛에 존경의 빛이 떠올라 있었다. 웬 변방의 귀족 하나가 돈 자랑을 하기 위해 마법서를 구매하는 줄 알았더니 실은 5서클에 이른 고위마법사였던 것이다.

콜린이 고개를 끄덕였다.

"아이센 소속의 마법사에겐 마법서를 공개하는 것이 원칙이지만 콜린 자작님은 헬리온 백작가에 속해 있으시기 때문에 판매의 방식으로만 공개할 수 있음을 이해해 주시기 바랍니다."

"알고 있습니다. 죄송해하실 것 없습니다."

지부장이 죄송해하며 거듭 고개를 조아리자 콜린이 손사래를 치며 이해한다고 말했다.

'6서클 마법서를 사가다니… 한 단계 위 마법서를 보더라도 마법 연구에는 그다지 도움이 되지 않을 텐데…….'

"아!"

떠나가는 콜린과 케인을 보며 6서클 마법서를 왜 구매하는지 고개를 갸웃거리던 지부장은 무언가 깨달은 듯 본탑과의 통신을 위해 뛰어가기 시작했다.

낮은 서클의 마법사가 위의 단계 마법서를 본다고 큰 도움이 되지 않는다는 사실은 하급 마법사들도 잘 아는 사실이었다.

그럼에도 콜린 자작이 6서클 마법서를 사갔다? 그것도 거액을 들여서?

'틀림없어! 콜린 자작은 마도사가 된 거야!'

마도사!

마법사가 5서클을 넘어 6서클에 이르면 세인들은 따로 마도사라 부르며 존경을 표한다. 6서클부터는 위력도 위력이지만 자신만의 독자적인 마법을 창조할 수 있기 때문에 그 이전과는 경계를 두는 것이다.

그렇다 보니 6서클에 오르는 것은 오크가 바늘구멍에 들어가는 것보다 더 어려운 형편이다. 때문에 대륙 삼대마탑 중 하나라는 아이센 마탑의 경우에도 6서클 마도사 수가 모두 합쳐도 열을 넘지 못했다.

콜린 자작이 6서클에 도달한 것이 사실이라면 비록 귀족가에 속해 있을지라도 아이센 마탑 소속의 새로운 6서클 마도사가 탄생하는 것이다. 이는 대륙 제1마탑이라는 아이센 마탑의 명예를 유지시키는 데에 큰 힘이 될 터였다.

그날 알케리온 왕국 지부에서의 보고로 인해 아이센 마탑 신원 정보에 약간의 변화가 생겼다.

마법사 콜린—5서클(6서클 추정. 확인이 필요함)

CHAPTER
04

위기에 빠진 헬리온 백작가

"건방진 놈!!"

헬리온 백작가가 국왕파에 가담했다는 소문을 들은 귀족파의 수장 베론 공작이 욕을 내뱉었다.

"이대로 두면 기껏 우세해진 상황이 흔들릴지도 모르겠군. 메이른 후작에게 연락해라!"

중립 귀족들이 국왕파로 돌아설 생각을 하지 못하도록 본보기를 보여주기 위해서라도 헬리온 백작가에 대한 처리는 확실해야 했다.

헬리온 백작가의 힘이 부담스럽기는 했지만 몬스터랜드의

광기를 겪은 이상 큰 타격이 있으리라.

그리고 메이른 후작이라면 굳이 몬스터랜드가 아니더라도 충분히 딴생각을 가지는 중립 귀족들에게 경종을 울릴 수 있을 것이다.

헬리온 백작가는 두 고위 귀족가와 영지를 맞대고 있다.

한곳은 국왕파이자 헬리온 백작부인의 본가가 있는 샤론 백작가이고 다른 한곳은 귀족파의 메이른 후작가였다.

그중 헬리온 백작령 북동쪽에 위치한 메이른 후작가가 분주해지기 시작하더니 이윽고 알케리온 왕국에 영지전이 선언되었다.

20년도 지난 대륙전쟁 이전 자신들의 영지를 되찾겠다는 명분으로 헬리온 백작가에 영지전을 선포한 것이다.

알케리온 왕국뿐 아니라 내륙 모든 왕국에서는 영지전을 위해서는 국왕의 허가가 필요했다. 하지만 과반수가 넘는 귀족들이 귀족파의 베론 공작을 따르는 이상 이제는 유명무실해진 절차에 불과했다.

메이른 후작의 주장이 옳고 그름의 문제가 아니라 단지 명분이 필요했을 뿐임을, 그리고 실제 그 목적이 자신들의 제안을 거절한 것에 대한 복수임을 아는 헬리온 백작은 변명하지 않고 곧바로 전쟁 준비에 들어갔다.

그러나 헬리온 백작은 곧바로 문제에 직면하고 말았다.

메이른 후작가와의 전쟁에 국왕파의 많은 도움을 바란 것은 아니었지만, 개인적으로 사돈 관계에 있는 샤론 백작가에게 약간의 도움을 기대했었다.

그러나 헬리온 백작은 자신의 그런 생각이 얼마나 안이한 대처였는지 여실히 깨달을 수 있었다.

메이른 후작이 영지전을 선포하자 기다렸다는 듯이 다른 귀족파 세력들이 국왕파 귀족들을 압박하기 시작했고, 샤론 백작가 또한 마찬가지였다.

이런 상황에 헬리온 백작가가 도움을 기대할 만한 곳은 없었다.

"휴우."

메이른 후작가와의 전력을 조심스레 비교해 본 헬리온 백작이 한숨을 내쉬었다.

자신들의 힘으로만 메이른 후작가와 전쟁을 치러야 한다. 병사들의 훈련 상태로는 밀릴 리 없었다. 몬스터랜드를 옆에 끼고 지낸 세월이 20년이고, 거의 모든 병사가 고던 성에서 몬스터랜드와 한두 차례 툭탁거림을 경험해 보았다.

더욱이 지금의 영지군은 피와 광기의 해까지 겪은 강군이다. 또한 기사 가문으로 이름 높은 헬리온 백작가는 기사단 전력에서도 크게 밀리지 않았다. 오히려 실력있는 기사들의 비율은 더 높은 편에 속했다.

'문제는 병사와 마법사들의 숫자인데…….'

메이른 후작가는 중앙 귀족일 뿐만 아니라 상당한 사병을 보유한 귀족파의 실세이다.

부유한 메이른 후작가 마법사들의 숫자가 얼마나 될지는 모르지만, 블레이드 나이트와 비견된다는 6서클 마법사가 있다는 사실은 모르는 사람이 없었다.

안 그래도 부족한 병력에 마법 피해까지 생각한다면 얼마 전 몬스터랜드의 준동으로 상당한 피해까지 입은 헬리온 백작가가 전면전으로 승리할 가능성은 전혀 없었다.

'작정하고 올해를 노렸군.'

베론 공작이 몬스터랜드에 의한 피해까지 염두에 두고 일을 계획했다는 사실을 깨닫고는 헬리온 백작의 주름이 깊어져 갔다.

메이른 후작이 얼마나 많은 규모의 병력을 이끌고 내려오느냐에 따라 백작령 전체에서 징병을 해야 할지도 모르는 일이었다.

메이른 후작가가 큰 규모의 영지전을 일으키지 않길 바랐던 헬리온 백작의 뜻과는 다르게 오히려 메이른 후작가에서 건장한 장정들을 징병까지 해가며 병력을 모은다는 소문이 헬리온 백작령에 퍼졌다.

"소문이 사실인가?"

"소문을 인위적으로 퍼뜨리는 이들이 있습니다만, 그것과는 별개로 소문의 진위는 사실인 것으로 보입니다."

"정녕 끝을 보려는 건가, 메이른 후작."

분노한 헬리온 백작이 기세를 끌어올리는 바람에 보고를 하던 젊은 가신이 몸을 부르르 떨었다.

"후우, 징병을 실시하라! 총력전이 될 것이다!"

비장한 표정의 헬리온 백작이 말했다.

헬리온 백작에게 징병을 명받은 젊은 가신이 징병 소식을 전함에 따라 백작령은 더 큰 혼란에 휩싸였다.

*　　*　　*

징병이 이루어지면서 단순히 티격태격하는 시시한 영지전이 아니라 가문의 사활이 걸린 영지전이라는 소문과 함께 헬리온 백작령이 혼란에 빠져 있었다.

그리고 그 혼란의 불씨에 기름이라도 부으려는 듯 이윽고 메이른 후작가의 진군 소식이 들려왔다.

병사의 숫자만 1만.

기사와 마법사, 기타 부대까지 합하면 단일 귀족가의 힘을 가볍게 뛰어넘는 전력이다.

메이른 후작군의 규모에 헬리온 백작가뿐 아니라 눈치를 보던 중립 귀족들과 국왕파의 귀족들이 경악했다.

적의 규모를 접한 헬리온 백작군의 지휘부는 고민하기 시작했다. 징병을 통해 모집한 병사가 이천오백, 그리고 가신들과 백작가의 사병을 모아 삼천오백, 총 육천의 군대가 조직되었다.

과연 변경백 가문인 헬리온 백작가답게 엄청난 규모였지만 메이른 후작가의 군대를 상대하기엔 턱없이 부족했다.

적은 수로 많은 수의 적을 무찌르기 위한 방법은 성을 이용한 수성전, 혹은 게릴라부대를 통해 적의 규모를 조금씩 줄여 나가는 방법이 존재했다.

그러나 그 두 가지 전략 또한 메이른 후작군을 상대로 펼치기에는 그다지 적합하지 않았다.

수성전을 택할 경우 성 앞의 영지는 모두 점령당함과 동시에 약탈당할 것이다.

그리고 게릴라의 경우 위험성이 너무 컸다. 적의 기사단과 기마병들이 멀쩡한 가운데 뒤를 잡히게 되면 자칫 게릴라 부대가 속절없이 무너져 내릴 수 있었다.

이렇다 할 전략을 세우지 못하고 있던 수뇌부 회의 중 헬리온 백작가의 검이라 불리는 말튼이 입을 열었다.

"후작군은 이미 진군을 시작했습니다. 더 이상 전략을 찾기 위해·시간만 보내다가는 적군이 코앞에 당도할 것입니다. 백작성은 너무 후방에 있으니 이곳 성으로 일단 진지를 구축한 뒤 고민하는 것이 어떻겠습니까?'

말튼이 지도상의 한곳을 가리키며 말했다.

말튼이 가리킨 곳은 메이른 후작령을 기준으로 상당히 전방에 위치한 월콧 자작령의 성이었다.

다른 방도가 없음을 깨달은 헬리온 백작은 말튼의 말대로 월콧의 성으로 진군을 명함과 동시에 휘하 기사에게 조용히 명령을 내렸다.

백작이 기사에게 내린 명령은 패배를 염두에 둔 것이었다.

기사는 율티아 부인과 콜린의 저택에 있을 케인을 백작부인의 본가가 있는 샤론 백작가로 데려가라는 명령을 받았다.

수하들이 안다면 사기가 크게 저하될 일이었지만, 가족을 생각하는 헬리온 백작의 마음은 어쩔 수 없었다.

"케인도 데려간다 하였습니까?"

케인을 데려가라는 헬리온 백작의 명령에 율티아 부인은 안도했다. 샤온과는 다르게 한동안 아픈 후로 검술까지 포기한 케인이 전쟁에 뛰어드는 것이 걱정되었던 율티아 부인이다.

그러나 정작 케인 본인은 도망갈 생각이 없었다. 아니, 오히려 자신을 걱정하는 백작과 율티아 부인의 마음과는 다르게 참전을 결심한 것이다.

"공자님뿐 아니라 보호자로 저까지 샤론 백작가로 보내실 생각을 하시다니 대영주로서 강인한 모습만 보이시던 헬리온 백작님에게 이런 면이 있었군요."

"샤온도 알 겁니다, 무뚝뚝해도 아버님이 얼마나 가족을 생각하시는지. 그 덕분에 마음이 헬리온 백작가를 떠나지 못하는군요."

목소리의 주인은 콜린 자작과 케인이었다. 헬리온 백작은 부인과 케인을 위해 전쟁에서 큰 도움이 될 것이 분명한 콜린 자작을 샤론 백작가로 보내려고 했다.

부인과 케인이 샤론 백작가로 출발했을 거라 생각하며 월콧 자작의 성으로 출전하려던 헬리온 백작은 눈앞에 나타난 케인과 콜린 자작을 보며 눈을 찌푸렸다.

"케인, 아직도 안 가고 무얼 하는 게냐! 어서 율티아를 따라가거라! 콜린 자네도 어서!"

"아버님, 콜린 자작은 물론 저 또한 함께 싸우겠습니다. 절 걱정해 주시는 마음만은 감사히 받도록 하겠습니다."

백작이 무어라 더 말을 하려 했지만 케인은 이미 뒤돌아 걸어갔다. 그리고 콜린 자작이 케인을 뒤따르며 헬리온 백작에게 의미심장한 미소를 지었다.

"허, 그놈, 고집은 날 닮은 것이 분명한데, 말을 자르고 가다니. 이번 일만 마무리되면 반드시 버릇을 고쳐 놔야겠군."

헬리온 백작은 콜린 자작의 미소에 무언가를 느꼈는지 자신의 말만 하고 돌아가는 케인을 보면서 굳어 있던 표정이 어느샌가 미소를 짓고 있었다.

월콧 자작의 성으로 이동하던 헬리온 백작군이 콜린 자작과 케인의 복귀에 웅성거리기 시작했다.

수석마법사로서 은퇴했다 알려진 콜린이 되돌아온 것을 두고 신의를 높게 칭송하는 자들이 대부분이었지만, 탈론과 같이 콜린을 마음에 들어 하지 않는 자들은 상황 파악도 못하는 자라고 욕했다.

'흥, 패배할 것이 뻔한 전투에 참가하다니, 아이센 출신답게 멍청하군.'

탈론은 자신과 마탑의 명예가 손상되는 것을 걱정해 도망가지 못하고 싸우러 가는데, 오히려 죽을 자리를 찾아오는 콜린을 보고 험담했다.

사실 탈론이 콜린과 대화를 나누거나 교류한 적은 없었다. 그럼에도 탈론이 콜린에게 악감정을 가지고 있는 것은 두 사람이 소속된 아이센 마탑과 헬른 마탑이 서로 경쟁 관계에 있는 것이 큰 이유였다.

특히 아이센 마탑에 밀려 제2의 마탑이라는 수식어가 못마 땅한 헬른 마탑 소속의 마법사들은 아이센 소속 마법사들에 게 자격지심을 갖고 있었다.

그런 탈론의 마음을 모르는 백작가의 마법사들은 오랜 기 간 자신들의 상관이었던 콜린의 복귀에 기쁨을 감추지 못했 고, 그 모습에 탈론의 감정 골은 더욱 깊어졌다.

백작군이 이동하던 중 휴식 시간을 가졌다.

"하하, 콜린 자작님의 인기가 하늘을 찌르는군요."

앉아서 쉬는 동안에도 콜린을 힐끔힐끔 바라보며 웅성거 리는 병사들을 보며 케인이 놀리듯 말했다.

"제가 헬리온 백작가에서 적지 않은 신뢰를 쌓았나 봅니 다. 하하, 예전에는 노래도……."

콜린의 말대로 헬리온 백작령에는 헬리온 백작 옆에서 백 작가를 지키는 세 영웅에 대한 노래도 불렸었다. 많은 사람들 이 부르던 노래는 아니었지만.

노래에 등장하는 세 영웅은 헬리온 백작가의 검 말튼 자작, 백작가의 방패 월콧 자작, 그리고 마지막이 백작가의 창 콜린 자작이었다.

블레이드 나이트보다 한 단계 낮게 평가되는 5서클 마법사 였음에도 불구하고 다른 두 자작과 동급으로 취급받았던 것 이 부끄러웠는지 콜린은 끝말을 흐렸다.

"부끄러워 하실 필요없지 않습니까? 이제는 진정한 창의 위력을 지니셨으니 아마 더 큰 목소리로 불리게 되실 겁니다. 하하!"

케인이 말하며 웃는 동안 누군가가 콜린의 옆으로 다가왔다.

"얘기를 들어보니 콜린 자작님께 큰 성취가 있으셨던 모양이군요. 축하드립니다."

"하하, 별것 아닙니다. 그저 약간의 깨달음이 있었을 뿐입니다."

어느샌가 다가와 인사를 건네는 샤온을 보고 콜린이 대답했다.

"콜린 자작님이라면 분명 큰 힘이 될 겁니다. 그런데 형은 왜 이곳에 온 거야?!"

콜린에게 미소 짓던 샤온은 표정을 굳히며 케인을 바라보며 말했다.

"왜 콜린 자작은 환영하고 하나밖에 없는 형님에겐 소리치는 거야?"

비록 일 년 차이지만 형임을 강조하는 케인을 보며 샤온의 얼굴이 붉어졌다.

"검술도 포기한 주제에 전쟁터에 와서 뭘 하겠다고!!"

가문의 존망이 달린 전쟁임에도 능글맞은 표정으로 대답

하는 케인을 보고 참지 못한 샤온이 크게 소리쳤다.

갑자기 들리는 시끄러운 소리에 주위 병사들이 하던 일을 멈추고 샤온을 쳐다봤다.

"어떤 상황인지, 내 상태가 어떤지는 나도 잘 알아. 전쟁터에서 무얼 할지는 나중에 직접 봐라. 이 형님이 뭘 하는지."

샤온은 자신의 역정에도 능글거리는 케인을 보고는 몸을 돌려 자신의 위치로 돌아갔다.

"음, 샤온 공자님께서 화가 많이 나셨군요. 이번엔 공자님의 장난이 좀 심하셨습니다."

샤온이 시야에서 멀리 사라진 것을 확인한 콜린이 말했다.

"왠지 저 녀석만 보면 자꾸 장난을 치고 싶군요."

케인, 아니, 태성은 기억 속에 샤온의 얼굴과 겹쳐 보이는 다른 동생을 떠올리며 말했다.

"그래도 두 분이 겉으로 표현하는 것 이상으로 서로를 생각하는 마음이 느껴집니다. 하하!"

콜린이 둘의 툭탁거림을 떠올리며 웃었다.

"아마 그게 제가 떠나지 못하고 이 전쟁 속에 들어와 있는 이유일 겁니다."

하루빨리 마법을 배워 원래의 세계로 떠나려했던 태성이었다. 하지만 가문의 위기에 어느새 발 벗고 나선 자신의 모습을 보며 케인이 콜린이 듣지 못할 만큼 작은 목소리로 중얼거렸다.

*   *   *

월콧 자작의 성에 도착한 헬리온 백작은 메이른 후작군이 이미 백작령 내에 들어왔고 내일 아침이면 월콧 성에 도달할 거라는 정보를 전달받았다.

"하루의 여유라……."

생각보다 적의 진군 속도가 빨랐다.

다른 작전은커녕 수성 준비하기에도 빠듯한 시간이다. 병사들과 지휘관들이 수성 준비를 하는 동안 헬리온 백작이 콜린 자작을 불렀다.

"콜린 자작, 어찌 군에 합류했음에도 한 번도 찾아오지 않을 수가 있소?"

백작이 서운한 듯 말했다.

"죄송합니다. 공자님이 백작님께 신경 쓰이지 않게 따로 움직이기를 바라셨습니다."

"내 앞에 보이지 않는 게 더 신경 쓰임을 왜 모르시오. 그보다 케인은 무얼 하고 있소?"

헬리온 백작이 아직까지 보이지 않는 케인에 대해 물었다.

"공자님께서는 첫 실전에 대비해 개인적인 준비를 하고 계실 겁니다."

"하하, 콜린 자작이 케인에게 마음을 단단히 빼앗긴 모양이오. 나보다 케인이 우선인 듯한 걸 보니 말이오."

헬리온 백작의 농담 섞인 말에 콜린이 표정을 굳혔다.

"실은… 그것 때문에 드릴 말씀이 있습니다."

이어진 콜린 자작의 말에 헬리온 백작은 헛웃음을 지었다.

콜린 스스로가 케인에게 충성을 맹세하고자 했던 것이다.

충성을 맹세한다는 것은 단순히 주군과 신하의 관계 이상으로 기사들이 주군을 모시는 것과 같은 관계를 뜻한다.

"허락해 주시겠습니까?"

사실 소가주가 샤온으로 정해졌음에도 콜린과 같이 영향력 있는 자가 샤온이 아닌 케인에게 충성을 맹세하게 되면 가문 내에 잡음이 생길 수 있었다.

"당연히 허락하오. 케인이 3년이라는 짧은 시간 동안 어떻게 콜린 자작의 마음을 사로잡았는지는 모르겠지만, 마냥 놀고만 있진 않았던 모양이오. 하하!"

"감사합니다, 백작님."

열 손가락 깨물어 안 아픈 손가락 없다고, 소가주로서 입지를 다진 샤온과 다르게 늘 걱정이 되던 케인이다.

콜린이 보호자 역할을 해준다면 안심이 될 터였다.

"흠, 이야기가 딴 곳으로 흘러갔는데, 콜린 자작, 아니, 콜린 자네가 다시 마법사들을 이끌어줬으면 하네."

케인에게 충성을 맹세함에 따라 이전에 헬리온 백작으로부터 받은 자작의 작위가 없어진 콜린이었다.

"아닙니다. 제가 자리를 비운 동안 새롭게 지휘 체계를 갖췄을 것입니다. 저의 합류는 혼란을 가져올 수 있으니 케인 공자님과 따로 움직이고 싶습니다."

결국 케인과의 자유 활동을 보장한 채 돌려보낸 콜린의 마지막 말에 백작은 고개를 갸웃했다.

"전쟁이 끝나면 헬리온 백작가는 새로운 영웅을 품게 될 것입니다."

콜린이 방을 나서며 흘리고 간 말이다.

그날 저녁.

수성 준비를 마친 지휘관들의 마지막 회의가 열렸다.

"지금 저희가 취할 수 있는 전략은 한 가지뿐입니다. 계속해서 수성전으로 이득을 취하고, 지친 후작군이 성을 포기하고 우회하려 할 때를 노리는 방법밖엔 없습니다.

샤온의 말에 귀족들이 고개를 끄덕였다. 지금으로서는 최고는 아니지만 최선이라고 할 수 있었다.

"적들이 처음부터 성을 노리지 않고 우회하면 어떻게 하실 생각입니까?"

지난번 몬스터랜드의 준동을 대비하는 회의에서 샤온에게 창피를 당한 탈론이 반박했다.

"메이른 후작은 군인이라기보다는 정치가입니다. 그런 그가 압도적인 병력 우위 상황에서 저희 헬리온 백작군이라는 불안의 씨앗을 남겨놓고 그냥 지나칠 리 없습니다. 뭐든지 확실히 하길 원할 겁니다."

인정하긴 싫지만 기사단 전력을 제외하고는 모든 부분에서 밀리는 상황이었다. 아니, 익스퍼트급의 상위 기사들을 제외하고는 소드 유저급 기사의 숫자 또한 차이가 났다.

정확한 안목과 카리스마로 탈론과 같은 몇몇을 제외하고는 가신들에게 완벽히 인정받은 샤온이었다.

'이번 위기만 넘긴다면 더욱 성장할 테지.'

힘든 시기였지만, 자신의 기대 이상으로 훌륭하게 성장한 샤온을 바라보는 헬리온 백작의 눈에는 신뢰가 가득했다.

*　　*　　*

터벅터벅.

케인은 해가 지고 지휘부의 회의가 끝날 때쯤 되어서야 막사 안으로 들어왔다.

"늦게 오셨군요. 실전이라 잘 안 다뤄지십니까?"

"그건 아니지만 킁킁, 죽이는 것은 아직 적응이 잘 안 되더군요, 킁킁."

콜린의 뜻 모를 질문에 케인이 옷의 냄새를 확인하며 말했다.

"다행히 피 냄새는 안 나는군."

성에 도착하고 콜린이 헬리온 백작을 만나고 오는 동안 케인은 성 밖의 산에서 동물들을 사냥하고 왔다.

콜린의 말한 실전은 내일 후작군과의 전투를 대비해 살아 있는 동물의 목숨을 거두는 일이었다.

적의 척후병이나 몬스터를 만날 수 있는 위험한 행동이었지만 콜린의 표정에 걱정 따위의 감정은 없었다.

"공자님, 드릴 말씀이 있습니다."

아직도 킁킁거리며 냄새를 맡던 케인에게 콜린이 입을 열었다.

"그냥 말씀하시지, 왜 이렇게 겁을 주십니까?"

평소와 다르게 분위기를 잡는 콜린의 말투에 이상함을 느낀 케인이 가벼운 말로 분위기 전환을 시도했지만 콜린의 눈빛은 여전히 비장했다.

"아까 백작님을 뵙고 왔습니다. 이제는 헬리온 백작가의 콜린 자작이 아닌 그냥 마법사 콜린입니다."

"예? 그게 무슨……?'

당황해하는 케인에게 콜린이 한쪽 무릎을 꿇으며 말했다.

"마법사 콜린, 헬리온 백작가가 아닌 케인 리 헬리온에게 비록 기사는 아니지만 마나의 이름으로 충성을 맹세합니다.

"이게 무슨……."

갑작스런 콜린의 선언에 케인은 병 졌다.

케인이 아무 말도 하지 못하자 콜린이 말을 이었다.

"성장하는 공자님을 옆에서 지켜보며 계속 고민했습니다. 불쑥 찾아와 마법을 배우겠다고 하실 때부터 서클 붕괴로 힘들어 하시던 모습, 함께 마법을 연구하며 느낀 뿌듯함, 그리고 이제는 오히려 저를 이끌어주고 계신 공자님을 보며 마음을 굳혔습니다."

마법사들의 담보 계약이나 다름없는 마나의 맹세까지 하는 콜린을 보고 케인은 더욱 혼란스러웠다.

계속 함께할 것이라 생각했지만 자신에게 충성의 맹세라니 예상치 못한 일이었다.

"그렇지만… 헬리온 백작가의 소가주는 샤온입니다."

자신에게 하는 맹세에 샤온에게 피해가 갈까 걱정하는 케인이었다.

"주군 또한 헬리온가의 사람입니다. 주군이 계시는 이상

저 또한 계속해서 헬리온 백작가의 신하로 있을 것입니다."

"일단 전쟁이 끝나고 다시 얘기를 하는 걸로 하죠. 지금은 너무 갑작스러워서……."

어쩔 줄 몰라 하던 케인이 시간을 벌고자 결정을 나중으로 미뤘다.

"저는 허락하실 때까지 이 자리에 그대로 있겠습니다."

"아, 알겠어요! 그만 일어나세요!"

오십이 다 되어가는 준 할아버지인 콜린의 무릎 꿇은 모습에 두 손을 든 케인이 평상시 잘 쓰지 않던 해요체를 써가며 콜린을 일으켜 세웠다.

훗날 새로운 마탑을 세우며 대마도사로 불리게 될 콜린의 충성을 받은 케인이었다.

* * *

다음 날 아침.

지휘부에서 떨어져 나와 병사들이 있는 곳에서 함께 생활하던 케인은 아침 일찍부터 서둘러 아침 식사를 준비하는 병사들을 보며 입맛을 다셨다.

그런 케인의 옆으로 콜린이 다가왔다.

"주군, 오늘부터 바로 전투가 벌어질 수 있습니다. 어떻게 움직이실 계획이십니까?"

"일단은 상황을 지켜보며 후방에……. 근데 호칭이 주군이 뭡니까? 어제 일 때문이라면 다시 예전처럼 불러줘요."

"예, 알겠습니다, 공자님. 그럼 저희는 일단 마법사들과 함께 움직이는 것으로 알고 있겠습니다.

콜린에게 완전히 마음이 열렸는지 해요체가 불쑥불쑥 튀어나오는 케인이었다. 스스로는 눈치채지 못했지만 케인의 변화에 콜린이 미소 지으며 대답했다.

콜린과의 대화가 끝나자 옆에 서 있던 병사가 흑빵 네 덩이와 수프 두 접시를 건넸다.

"자작님과 공자님이 아직 식사를 안 하신 것 같아서……."

식사를 건네주고도 형편없는 음식에 오히려 미안해하는 모습의 병사였다.

"고맙다. 아침 식사를 어떻게 해야 하나 고민하던 차에 잘됐군."

케인이 음식을 받아 들며 말했다.

"잠깐, 이름이 뭐지?"

뒤돌아 뛰어가던 병사를 불러 세운 케인이 이름을 물었다.

"랜튼, 랜튼입니다, 공자님."

고던 성 전투에서 살아남은 열일곱 살의 소년 병사 랜튼이었다.

그리고 그의 곁에는,

"랜튼! 어디 있어?! 빨리 안 오면 네 몫까지 내가 다 먹는다!!"

"랜튼이라……. 자넬 찾는군. 어서 가봐."

"아, 네! 식사 맛있게 하세요!"

케인에게 급히 인사하고 뛰어가는 랜튼이었다.

"제코 아저씨, 기다려요!! 같이 가요!"

뛰어가는 랜튼을 바라보는 케인의 옆에서 콜린이 신기한 듯 다가왔다.

"저 소년, 미약하지만 마나가 있군요."

"그러게 말입니다. 딱 제가 찾는 인재입니다."

인재를 찾는다는 케인의 말에 콜린이 설명을 요구하려던 찰나 나팔 소리가 울렸다.

뿌웅—! 뿌웅—!

"적군이다! 적군이 보인다!"

메이른 후작군의 등장 소식에 수프를 뜨다 말고 정신없이 배정받았던 자리를 찾아간 병사들이 긴장하고 있을 때 각 십인장, 백인장 등이 통제하기 시작했다.

"다들 원래 하던 일 마저 해!! 저놈들, 여기까지 걸어오느라 아침밥도 못 먹었을 거야. 싸우려면 아직 멀었어!"

상급자들의 통제에 병사들이 하나둘씩 다시 나와 내팽개

치고 간 빵과 수프를 다시 먹기 시작했다.

"아우, 전 아침도 못 먹고 싸워야 하는 줄 알았어요."

"이제는 적군을 앞에 두고 제법 농담도 할 줄 아는구나."

방금 전까지 긴장해서 손에 쥔 방패를 꼭 쥐고 있던 랜튼이 방패를 내려놓고 웃으며 수프를 떠먹었고, 그런 랜튼을 보고는 제코가 많이 컸다는 듯 말했다.

"잘 먹어둬. 잘하면 점심도 못 먹고 싸워야 될지도 몰라."

후르륵, 쩝쩝.

또다시 시작된 제코의 겁주기에 랜튼은 누가 뺏어갈세라 흑빵을 입에 구겨 넣었다.

제코의 예상대로 해가 중천에 떠오를 때쯤 메이른 후작군의 진영이 부산스러워졌다.

"그동안의 빠른 이동 속도로 보아선 메이른 후작군에 대형 공성병기는 없을 것 같습니다."

"그럼 마법사들만 제 역할을 다 하면 되겠군요."

콜린의 분석에 케인이 맞장구쳤다.

콜린의 말대로 후작군은 병력의 우위를 믿고 공성병기 대신 빠른 진군을 택했다.

헬리온 백작가의 마법사 전력이 취약하다는 것을 알고 공성병기 대신 마법 공격으로 성을 무너뜨릴 생각이었던 것이다.

어느샌가 엎어지면 코 닿을 거리까지 가까워진 메이른 후작군을 보고는 성안은 고요한 긴장감으로 휩싸였다.

케인이 그 고요함이 지루하다고 생각할 때쯤 후작군 진영에서 강렬한 마나의 파동이 발생했다.

"모두 조심해!!"

마나의 파동을 느낀 탈론이 크게 소리침과 동시에 하늘에서 뇌전이 뿌려지기 시작했다.

6서클 최강의 범위 마법 기가 라인데인이었다.

고작 1분도 채 안 되는 시간 동안 지속된 뇌전이었지만, 순식간에 백여 명이 넘는 사상자가 발생했고 성벽까지 일부 무너지고 말았다.

"와아!!"

'이 정도 위력이라니, 마법진의 힘을 빌린 건가?'

콜린이 마법의 위력에 감탄하고 있을 때 메이른 후작군 병사들이 함성을 지르며 전진하기 시작했다.

"발사!!"

침을 삼키며 대기하고 있던 헬리온 백작군의 궁병들은 발사 명령이 떨어지자 적군에게 화살비를 선사하기 시작했다.

전투가 벌어지자 순식간에 성벽 위에는 성 내부에서 쏘아 올리는 화살과 성 외부의 적군이 쏘아대는 화살들이 뒤엉켜

하늘을 어둡게 만들고 있었다.

"파이어볼!!"

"익스플로전!"

고급 마법을 쓰느라 발이 묶여 있던 후작가의 마법사들과는 다르게 백작가의 마법사들이 기사들의 호위를 받으며 마법을 완성시켰다.

화르륵! 펑!!

폭발력을 지닌 화염 계열의 마법답게 적군에게 큰 피해를 입히는 데 성공한 탈론이 다시 캐스팅하려는 순간이었다.

펑!!

"크헉!"

어느새 탈론을 향해 날아오는 불꽃을 대신 막은 기사가 튕겨져 나갔고, 폭발의 여파로 탈론의 캐스팅이 취소되었다.

"어느새 벌써!"

적군 마법사들의 빠른 복귀에 탈론이 신음을 삼켰다. 그 정도 위력의 마법을 사용하고도 이 정도로 빠른 복귀를 한 것을 보면 적 마법사들의 수준이 예상보다 높은 것이다.

쾅! 펑! 펑!

그때 또다시 굉음이 연달아 일어났다.

이번에는 성문에 적군 마법사들의 공격이 집중되었던 것이다.

"익스플로전이 세 번이나… 5서클 이상의 마법사가 셋 이상이나 존재하다니……."

탈론이 적군의 마법사 수준에 놀라고 있는 사이 성문이 반쯤 파괴되었다.

"성문을 지켜라! 궁수와 마법사들은 적 마법사들을 조준하라!"

마법에 의해 큰 타격을 입고 있는 성문을 본 월콧 자작이 목표를 적 마법사들로 지정했다.

팅! 팅! 팅!

쾅! 치지직!

"이럴 수가……!"

반투명한 막에 막혀 힘없이 사라지는 자신들의 화살과 마법을 보며 마법사들이 전의를 상실했다.

백작가의 마법사들이 거의 모든 화력을 집중했음에도 불구하고 화살은 물론 적 마법사들을 향해 날아가던 불꽃과 뇌전까지도 아무런 피해를 입히지 못한 것이다.

"파이어랜스!"

후작가의 마법사들이 성벽으로부터 날아온 마법들을 아무런 피해 없이 막아내고 기세가 올랐을 때다.

콰콰쾅!!

백작군의 모든 마법이 무위로 돌아갈 때쯤 6서클 최강의 대인 마법으로 알려진 거대한 불꽃의 창이 적 마법사들의 실드를 깨고 폭발을 일으켜 세 명의 마법사를 집어삼킨 것이다.

"아, 아니, 저 마법은……?!"

자신들의 마법이 적들의 방어 마법에 막혀 힘없이 흩어지는 모습을 보고 신음을 삼키던 백작가의 마법사들은 그 단단한 방어막을 뚫고 엄청난 폭발을 일으키는 불꽃의 창을 보고 놀람을 감추지 못했다.

"파이어랜스? 6서클 마법이다!!"

누군가 성벽 위에서 콜린이 마법을 펼치는 순간을 목격했는지 놀람을 감추지 못하고 소리쳤다.

"6서클 마법! 6서클 마도사가 우리와 함께한다!!"

백작가 마법사들의 목소리에서 6서클 마법이라는 말을 들은 월콧 자작은 곧바로 마나를 담아 소리쳤다. 누가 쏘아 보냈는지는 확인하지 못한 상황이었지만 6서클 마법의 등장만으로 백작군의 사기는 크게 상승했다.

강력한 마법의 등장에 환호하는 백작군을 뒤로한 채 그 창을 쏘아 보낸 당사자인 콜린은 계속해서 성벽을 넘어오는 후작군 병사들을 보고는 2미터 높이에 달하는 화염의 벽을 생성하는 5서클 마법 파이어월을 시전했다.

화르륵!

"으악! 뭐, 뭐야?"

"뒤에 밀지 마! 앞에 불 안 보여?"

화염은 성 앞에 성벽과 평행한 길을 만들 듯 생성되어졌다. 화염이 솟아오른 자리에 서 있던 병사들은 바로 화염에 휩싸이며 고통에 몸부림쳤다.

그러나 콜린이 화염의 벽을 시전한 진짜 이유는 바로 적의 허리를 끊으려는 의도였다.

뒤이어 따라오던 후작군 병사들은 넘실대는 불꽃의 벽을 보고 앞으로 나아가지 못하고 멈춰 섰고, 성벽을 오르고 있는 병사들은 비어버린 자신의 뒤를 보며 당황했다.

성벽을 따라 생성된 화염의 벽으로 인해 성벽에 근접해 있거나 오르고 있던 병사들은 순식간에 고립되었고, 곧바로 진압되기 시작했다.

"후작 각하, 이 이상은 무리입니다. 군의 허리가 끊겨 공격을 이어갈 수 없습니다. 일단 다시 병력을 정비한 후에……."

선두에 위치한 병사들을 고립시킨 불길을 본 후작군 지휘부는 더 이상의 진격은 무리라고 판단하고서 후퇴 명령을 내렸다.

* * *

후작군 진영 중심의 호화로운 막사 내부에 메이른 후작을 비롯한 지휘관들이 모여 있었다.

쾅!

천 명이 넘는 사상자를 내고 아무런 성과도 얻지 못한 것에 분노한 메이른 후작이 테이블을 내려쳤다.

"어찌 병력의 차이가 두 배에 달하거늘 오히려 피해를 입고 물러날 수가 있소?!"

문관 출신인 메이른 후작에게 전투에 대해 지적받는 휘하 귀족들과 지휘관들은 속으로 인상을 찌푸렸다.

그러나 메이른 후작의 말에 대답을 안 할 순 없었다. 기분이 나쁜 것과 후작에게 밉보여 고생하는 것은 별개의 문제였으니까.

서로 눈치만 보고 있자 메이른 후작으로부터 전권을 위임받은 크론 자작이 용기를 내어 입을 열었다.

"백작군에 예상치 못한 6서클 마도사가 있었습니다. 그자의 공격에 때문에 5서클 유저를 비롯한 세 명의 마법사까지 죽었습니다."

"마도사?!"

아무리 전투에 대한 지식이 없어도 대규모 전투에서 마법사가, 그것도 6서클에 이른 마도사가 얼마나 위협적인지는 메이른 후작도 잘 알았다. 그 때문에 후작 자신도 큰돈을 써가며 마법사들을 영입한 것이 아닌가.

"아니, 우리 왕국에 다섯, 아니, 윈스턴 마도사가 우리에게 있으니 이제 여섯이지. 왕국에 여섯밖에 안 되는 마도사가 백작가에 있다는 말인가?"

헬리온 백작가의 마법 전력이 취약할뿐더러 6서클 마법사 따위는 존재하지 않는다는 정보를 받고 조금은 무리하게 공성전을 펼친 후작군이다.

그런데 마도사라니?

"그렇다면 지금과 같은 무리한 공성전을 포기하고 다른 방법을 찾아야 하는 것이 아닌가?"

"6서클 마도사가 존재하지만 그 외의 마법사 전력은 정보대로 형편없다는 사실이 드러났습니다. 오히려 이번 기회에 성가신 마도사를 처리할 수 있는 좋은 기회가 될 수 있습니다."

메이른 후작의 말에 크롬 자작이 고개를 저으며 말했다.

헬리온 백작이 큰 노력을 들여 5서클 고위 마법사인 탈론을 데려왔지만 그 아래 전투에 참여할 만한 3~4서클 마법사층은 상대적으로 빈약한 헬리온 백작가다. 갑작스러운 마도사의 등장에 가려졌던 그 작은 틈을 놓치지 않고 파고드는 크롬 자작이었다.

*　　*　　*

예상치 못한 패배에 혼란스러운 메이른 후작군의 진영과는 다르게 헬리온 백작군이 머무르는 성은 작은 전투였지만 승리의 기쁨에 술렁이고 있었다.

그리고 그 승리의 주인공인 콜린 자작은 이미 전쟁영웅이 되어가고 있었다.

헬리온 백작가의 창 콜린 자작이 6서클이라는 경지에 이르러 나타난 것이다.

수성전과 같이 성을 끼고 싸우는 전투에 기사는 별다른 도움이 되지 못하지만 고위마법사의 존재는 엄청난 의미가 있었다.

6서클 마도사가 마음 놓고 고서클의 범위 마법을 펼치게 된다면 그는 그 피해를 고스란히 받게 될 적군에게는 재앙이나 다름없었다.

성벽이라는 엄폐물이 있기 때문에, 설사 블레이드 나이트라 하더라도 마도사를 저지할 수 있는 방법이 없을 터였다. 공성 혹은 수성전에서 마도사를 상대할 수 있는 것은 오로지 같은 마도사뿐이었다.

"이와 같은 때에 콜린 자작님이 6서클에 오르신 것은 백작가에 큰 홍복이 아닐 수 없습니다."

"맞습니다. 메이른 후작군이 꽁지가 빠지게 달아나게 만들다니 정말 대단하십니다. 이 기세를 몰아 메이른 후작가를 단번에 몰아내야 합니다."

"백작가의 검과 방패, 창이 모두 한자리에 모였으니 후작군을 무찌르는 일만 남았습니다."

단 한 번의 작은 승리였지만, 회의를 위해 모인 귀족들은 승리를 자축하기에 여념이 없었다.

"그만. 오늘의 승리와 콜린 자작의 활약을 기뻐해야 함이 맞지만 지나치게 적을 무시해서도 안 될 일이다. 후작군 또한 콜린 자작의 존재를 알았으니 그에 따른 대비를 할 것이다. 내일부터는 더 어려운 싸움이 될 것을 알아야만 한다."

헬리온 백작은 승리에 취해 지나치게 방심할 것을 걱정하고는 속으로 기쁜 마음을 숨기며 가신들에게 주의를 줬다.

와아!!

다음 날이 되자 전날의 피해에도 불구하고 메이른 후작군은 무리하게만 보이는 공격을 또다시 시작했다.

이전과 다른 것은 메이른 후작군의 마법 공격이 전날과 같이 거세지 않다는 것이다.

슈슈슉!

달려오는 후작군의 머리 위로 화살이 쏟아졌다.

그러나 워낙 후작군의 수가 많아서인지 전체적으로 보면

화살에 의해 피해를 입는 병사의 비율은 얼마 되지 않았다.

이러한 원인에는 후작군 병사가 많은 탓도 있었지만, 백작군이 쏘아 보낸 화살의 수가 계속해서 줄어가고 있기 때문이었다.

궁병은 창만 쥐고 휘두르는 일반 보병과는 다르게 일정 기간 이상의 훈련을 받아야 했다. 괜히 아무나 활을 쥐어줬다간 아군의 화살에 맞아 머리에 바람 구멍이 생길 수 있었다.

그러나 지금 백작군에게는 궁병을 훈련시킬 만한 여유가 없었다. 고던 성의 전투 이후 곧바로 영지전이 이어졌기 때문에 이렇다 할 궁병의 충원이 이루어지지 않은 것이다.

그렇기에 죽거나 다치면서 궁병의 수는 계속해서 줄어만 갔고, 수성에서 가장 중요한 화살 공격이 제대로 이루어지지 않고 있는 것이다.

"파이어볼!!"

"체인 라이트닝!!"

백작군의 마법 공격에 계속해서 병력의 피해를 입고 있는 메이른 후작군이었지만, 어째서인지 간간이 마법 공격을 해 올 뿐, 후작군의 마법사들은 소극적인 모습만을 보이고 있었다.

쾅! 쾅!

어느샌가 전장의 분위기는 후작군을 향해 몰려가는 듯했다.

백작군에게 마법과 수성의 이점이 있음에도 불구하고 밀려드는 후작군에게 조금씩 성벽 위를 내주기 시작한 것이다.

　거기에 더해 분리된 부품들을 가져온 후 조립했는지 후작군의 공성망치가 성문을 공격하기 시작했다.

　'적 마법사들을 견제해야 하건만……'

　이렇다 할 움직임을 보이지 않는 적 마법사들의 꿍꿍이를 알아내기 위해 고심하던 콜린은 전투에 참여하기로 마음먹었다.

　'내가 아니더라도 케인 공자님이 계시니……'

　케인을 믿고 급한 불부터 끄기 위해 콜린이 캐스팅을 시작했다.

　"파이어랜스!"

　쿠앙!!

　성문을 두드리던 공성망치에 붉은 기둥이 꽂히더니 폭발을 일으켰다. 자신의 주특기인 파이어랜스로 공성망치를 산산조각 낸 콜린의 손에서 갖가지 마법이 쏟아지기 시작했다.

　'그냥 일반 마법이 아니야. 마법 하나하나가 더 강하다. 혹시……?'

　콜린의 가세에 숨통이 트이면서 탈론은 힐끔 콜린의 활약을 훔쳐봤다.

마법을 시전하는 콜린의 캐스팅 속도는 가공할 만한 수준이었다. 그러나 탈론이 느낀 의아함은 캐스팅 속도 때문이 아니었다.

캐스팅 속도야 서클이 늘어나고 수많은 반복 훈련을 통해 빨라질 수도 있다고 생각하는 탈론이다.

하지만…….

'마법들이… 뭔가 다르다.'

탈론이 봤을 때 콜린의 마법은 자신도 익히 알고 있는 마법들이었지만 콕 짚어 말할 수 없는 차이점이 느껴졌다.

폭발은 조금 더 크게 일어나는 것 같았고, 뇌전의 줄기는 더 많이 뿌려지는 것만 같았다. 그리고 그 차이의 결과가 눈앞에 벌어져 있었다.

"으악!!"

"다리… 내 다리가!"

콜린의 마법에 수많은 병사들이 쓰러지며 후작군의 진격이 주춤하고 있었다.

혼자서 일만의 군대를 멈칫하게 하는 놀라운 힘. 물론 마도사는 대단한 존재다. 하지만 탈론이 아는 바로는 아무리 마도사라도 이 정도는 아니었다.

탈론이 의아해하는 힘.

이것이 콜린과 케인이 2년간의 연구를 통해 얻은 힘이었다.

쿠앙! 펑! 치지직!! 펑!

탈론이 콜린의 마법 대해 의아해하고 있을 때, 콜린이 서 있던 자리로 동시에 수많은 마법이 작렬했다.

그중에는 콜린이 사용한 적 있는 6서클 마법인 파이어랜스도 포함되어 있었다.

"좋아! 성공이다! 하하!"

성벽 위 6서클로 추정되는 마법사에게 적중하는 마법들을 보며 메이른 후작군의 지휘관인 크롬 자작이 웃음을 터뜨렸다.

콜린이 마법을 사용할 때까지 기다린 후 위치가 드러나면 미리 준비하고 있던 마법사들이 동시에 최고 화력의 마법으로 합공한다.

크롬 자작이 계획한 작전이 바로 이것이었다.

기습을 준비하고 있던 마법사들은 6서클 마법사도 포함된 알짜배기들이었다. 여태까지 후작군의 마법 공격이 뜸했던 이유가 있었던 것이다.

계속해서 공격에 신경 쓰느라 미처 눈치채지 못하고 한 번에 여러 마법사의 공격을 무방비로 허용한 이상 살아 있을 리가 없었다.

이제 월콧 성의 함락은 시간문제이리라.

"으하하하! 월콧 성을 함락시켜라!!"

크롬 자작의 웃음소리가 울려 퍼졌다.

CHAPTER
05

케인, 신위를 드러내다!

　수많은 마법이 한데 모여 발생한 엄청난 폭발에 일순간 멈
칫했던 전장이 다시 뒤엉키기 시작했다.

　"와아! 적의 마법사가 죽었다!!"

　자신들에게 큰 위협이던 적의 마법사가 큰 폭발에 휘말리
는 모습을 본 메이른 후작군 병사들은 사기가 올라 더욱 밀어
붙이기 시작했다.

　반대로 헬리온 백작군은 순식간에 발생한 상황에 정신을
차리지 못했다. 이런 폭발이라면 아무리 6서클 마법사라도
무사하지 못할 터였다.

위축된 백작군이 조금씩 밀리기 시작할 때였다.

쾅!! 슈슈슉!!

폭발의 검은 연기를 뚫고 바람의 칼날과 불꽃의 창이 동시에 쏘아져 나가 콜린을 기습했던 마법사들을 덮쳤다.

또다시 발생한 굉음에 일순간 정적이 찾아오며 모두가 마법이 튀어나온 연기 속을 바라봤다.

서서히 연기가 걷히자 헬리온 백작군은 환호를, 메이른 후작군은 경악하기 시작했다.

연기가 사라진 성벽 위의 반투명한 막 안에 콜린 자작과 케인이 함께 서 있었다.

"설마 저들이 절 노렸다니… 케인 공자님이 아니었다면 큰일 날 뻔했습니다."

"실드가 거의 깨지기 직전이었어요. 하마터면 사이좋게 저승 구경을 하게 될 뻔했습니다."

만일에 대비해 실력을 숨기고 있던 케인이 적의 마법이 콜린에게 집중되는 것을 확인하고는 몸을 날리며 실드를 펼친 것이다.

"이건… 이건 말도 안 돼!!"

마법사들의 합공에서 살아남고 오히려 반격까지 해 메이른 후작가의 마법사들에게 극심한 타격을 입힌 콜린을 보고 크롬 자작은 입을 다물지 못했다.

"후, 후퇴하라!"

자신의 계획이 실패하자 당황한 크롬 자작은 전황이 어떤지 확인하지도 않고 곧바로 후퇴 명령을 내렸다.

터벅터벅.

케인과 콜린의 반격에 의해 큰 크레이터가 생긴 곳에서 군데군데 피를 흘리며 걷고 있는 사내가 있었다.

"크윽! 분명 마지막 공격은 두 명의 공격이었다. 그 옆의 놈도 마법사였어. 그것도 최소한 5서클의…….'"

화염의 창과 바람의 칼날을 가까스로 방어한 메이른 후작가의 마도사 윈스턴은 자신들의 공격을 막아낸 자가 콜린이 아닌 다른 사람이란 것을 확신했다.

"적들이 퇴각한다! 화살을 아끼지 말고 쏴라! 매우 쏴라!"

슉! 슉! 쾅!

병법에서 이르길 전쟁에서 가장 큰 피해가 발생하는 순간이 후퇴할 때라고 했다.

팽팽하던 전황에서 등을 돌리고 후퇴하자 오히려 전투 상황보다 더 큰 피해를 입게 된 메이른 후작군이었다.

"이겼다!! 또 이겼어!!"

"헬리온 백작가 만세!! 콜린 자작님 만세!!"

전날에 이어 다시 한 번의 대승을 이뤄낸 헬리온 백작가의 함성이 월콧 자작령에 울려 퍼졌다.

두 번의 전투로 인해 양측 모두 기존의 전술을 버리고 다음 전술을 계획해야 했다.

후작군의 전술의 변화는 반드시 필요한 상황이었다.

첫 번째 전투에서 천여 명의 병력 피해를 입었고, 두 번째 전투에서는 콜린에게 집중하느라 병사들의 싸움은 순전히 공성 대 수성이 되어 버렸다. 당연하게도 성을 공격하는 메이른 후작군의 병사들이 입은 피해가 클 수밖에 없었고, 게다가 후퇴할 때의 추가적인 피해까지 입었다.

고작 두 번의 전투였지만 메이른 후작군의 병력 피해는 3천이 넘어섰다. 그리고 콜린과 케인에 의해 마법사들의 전력 또한 큰 피해를 입었다.

그와 비교해 헬리온 백작군은 후작군의 반도 안 되는 천여 명 정도의 병력 피해만을 입었을 뿐이다.

기존의 병력 차이가 두 배에 달해 아직도 숫자상으로는 메이른 후작군이 우위에 있으나 일, 이천 차이에 불과했다. 사기가 잔뜩 오른 헬리온 백작군이 더 이상 전면전을 피할 이유가 사라진 것이다.

"이제는 우리의 힘을 보여줄 때가 왔다. 메이른 후작은 헬리온 가를 침범한 것을 뼈저리게 후회하게 될 것이다."

백작은 더 이상 수성전이 아닌, 헬리온 백작가의 힘으로 단숨에 후작군을 꺾겠다는 전면전의 의지를 밝혔다.

"맞습니다. 지금이야말로 저 괘씸한 메이른 후작군을 몰아낼 기회입니다."

계속해서 열세의 위치에만 있다가 우세한 상황을 점하자 지휘관들이 백작의 뜻에 반색을 표하며 지지했다.

"메이른 후작가는 헬리온 백작가의 검이 얼마나 날카로운지 몸으로 느끼게 될 것입니다."

계속된 수성전으로 제대로 된 활약을 못하고 모든 공을 콜린에게 빼앗긴 말튼 자작이 기사단의 입장을 대신하여 이를 갈며 말했다.

아직 숫자상에서 열세에 있었지만 헬리온 백작 본인도 승리할 것이라 믿어 의심치 않았다.

"그런데 콜린 자작님은 왜 회의에 참석하지 않으신 겁니까?"

월콧 성에서의 3일 동안 회의에는 모습을 보이지 않는 콜린을 궁금히 여긴 왓슨 남작이 헬리온 백작에게 물었다.

"마법을 과도하게 사용한 것 같아 휴식이 필요하다고 생각되어 부르지 않았소."

콜린이 백작가가 아닌 케인에게 충성을 맹세하여 더 이상 백작가의 가신이 아니라는 말은 굳이 지금 할 필요가 없었다. 아니, 케인이 헬리온 가의 사람이지만 괜한 소란을 일으킬 수 있기에 오히려 숨기는 것이 더 나았다.

그렇게 백작가의 귀족들이 승리의 기쁨을 만끽하고 있을 때 한 병사가 지휘 막사로 헐레벌떡 뛰어들어 왔다.

턱밑까지 차오른 숨을 크게 내쉬며 입을 연 병사의 말에 당황한 헬리온 백작이 의자를 박차고 일어섰다.

"저, 적군이! 적군이 사라졌습니다!!"

저녁이 되고 어둠이 깔리자 헬리온 백작군의 정찰병인 지미는 이상한 것을 목격했다.

후작군 진영에서 열댓 명씩 짝을 지어 돌아다니기 시작했던 것이다. 그리고 잠시 후 지미가 그들의 목적이 자신들, 백작군 정찰병들이라는 것을 파악할 수 있던 것은 동료의 목숨을 대가로 지불한 뒤였다.

"헉헉, 헉!"

주위를 살피던 후작군 병사들이 갑자기 활을 들어 쏘아 보냈고, 화살에 동료가 쓰러지는 모습을 보고는 뒤도 돌아보지 않고 달린 지미였다.

30여 분 정도 숨어 있던 지미는 멀리 보이는 월콧 성과의 거리가 도망치기 전보다 더 멀어졌다는 것을 깨닫고 다시 조심스레 성을 향해 걷기 시작했다.

저벅저벅. 다그닥다그닥.

조용히 이동하던 지미의 귀에 발소리와 말굽 소리가 들려오기 시작했다.

"아니… 이건?"

지미는 눈앞의 상황을 보고는 한숨도 쉬지 않고 월콧 성으로 달리기 시작했다.

* * *

지미가 어둠 속에서 본 것은 메이른 후작군이었다. 몇 십명, 몇 백 명이 아닌, 메이른 후작군 전체가 어둠을 틈타 어디론가 움직였던 것이다.

"그래, 그래서 그들이 어디로 갔느냐?"

지미의 얘기를 들은 헬리온 백작이 급한 마음을 감추지 못하고 다그치듯 물었다.

"그것이… 워낙 어둡고 빨리 알려야겠단 생각뿐이었던

탓에……."

메이른 후작군의 행방을 알지 못한다는 말에 헬리온 백작의 얼굴이 굳고 말았다.

후작군이 사라졌다.

그대로 포기하고 돌아간 것이라면 대행이겠지만, 다른 꿍꿍이가 있다면 서둘러 알아내야만 했다.

"지금 당장 쫓아가야 합니다. 만약 우회해서 백작성으로 들이닥친다면 꼼짝없이 본진을 내주게 됩니다."

치안 유지를 위한 최소한의 병력만을 남겨놓은 헬리온 백작성이다. 육천이 넘는 후작군이 당도한다면 한 시간도 채 버틸 수 없는 상황이었다.

"하지만 월콧 성을 비워둘 순 없습니다! 자칫 이곳을 빼앗기기라도 한다면 월콧 성이 후작군의 전진기지가 되고 말 겁니다!"

갑작스러운 상황에 또다시 옥신각신하는 수뇌부였지만, 이번만큼은 헬리온 백작도 어찌해야 할지 정하지 못하고 있었다.

병력을 모두 모아 싸워도 이기리라 확신할 수 없다. 그렇지만 월콧 성을 비워두고 떠날 수도 없다. 후작군이 백작령으로 향한 것이 아니라면 텅 빈 월콧 성은 메이른 후작의 손에 떨어지게 되고 만다.

"콜린 자작이 천의 병력으로 월콧 성을 지켜주시오. 나머지는 나와 함께 백작성으로 향한다."

결국 헬리온 백작은 월콧 성과 백작성 모두 선택했다. 분산된 힘으로 적의 뭉친 힘을 감당해야 할지도 모르는 일이다. 아예 하나를 포기하는 것보다 못하게 될지도 모르는 선택이었지만, 이미 선택한 이상 남은 일은 최선을 다하는 것뿐이었다.

메이른 후작가가 택한 것은 월콧 성도 백작성도 아니었다.

"크롬 자작, 이번에도 실패한다면 용서치 않을 것이다."

"걱정 마십시오. 헬리온 백작군은 이리로 올 수밖에 없습니다."

엄포를 놓는 메이른 후작에게 자신을 믿으라며 장담하는 크롬 자작이었다.

크롬 자작이 세운 전략은 자신들의 움직임에 당황하여 병력을 분산시킨 백작군을 각개격파하는 것이었다.

이는 헬리온 백작이 자신의 생각대로 움직일 거라는 확신이 있었기 때문이기도 했지만, 설령 자신의 생각대로 움직이지 않는다 하여도 그대로 백작성을 치거나 백작군 전체라 하여도 기습으로 이득을 보는 차선의 선택으로 갈아탈 수 있는 완벽한 전략이었다.

그동안 크롬 자작의 예상에 벗어난 콜린과 케인의 존재로 계속된 실패를 맛봤지만 이번만큼은 패배할 수가 없다고 자신하는 크롬 자작이었다.

* * *

메이른 후작과 얘기를 마친 크롬 자작이 자신의 임시 천막으로 들어왔다.

"보고해야겠소. 연결해 주시오."

메이른 후작을 제외하고는 후작군의 최고 지휘자인 크롬 자작의 천막 안에 허락도 없이 누가 있을 리 없었지만 자연스럽게 대화하듯 말하는 크롬 자작이었다.

우우웅.

"연결되었소."

놀랍게도 수정구에서 자색의 빛이 흘러나오며 한쪽 구석에 서 있는 사내의 모습을 비췄다. 낮의 전투에서 콜린에게 파이어랜스로 공격하고 오히려 이어진 반격에 겨우 살아남은 6서클 마법사 윈스턴이었다.

연결되었다는 윈스턴의 말에 크롬 자작은 수정구 앞으로 다가갔다.

"베론 공작님을 뵙습니다."

수정구를 통한 통신 마법에 불구했지만 무릎을 꿇으며 예를 표하는 크롬 자작이었다.

"그래, 지금 상황은 어떻게 흘러가고 있는가?"

"저, 그것이… 헬리온 백작가에 예상치 못한 고위마법사가 속해 있어 점령이 늦어지고 있습니다. 하지만 늦어도 내일 아침까지는 윤곽이 드러날 것입니다."

헬리온 백작군에 예상치 못한 6서클 마도사가 존재한다는 사실과 윈스턴의 말에 따르면 그에 준하는 또 한 명의 마법사가 존재한다는 말에 베론 공작이 호기심을 표했다.

"오호, 마도사 윈스턴이 적 마법사에게 패배했단 말인가?"

"한 명이 아니라 둘이었습니다. 그리고 모든 실력을 다한 것이 아니었으니 다시 만나면 반드시 제 손으로 처리하겠습니다."

가만히 서 있던 윈스턴은 자신이 무시당하자 기분이 나빴는지 한 걸음 앞으로 나서며 수정구 속 베론 공작에게 말했다.

"하하, 알겠소. 윈스턴 경을 못 믿으면 누굴 믿겠소. 크롬 자작, 내일 중으로 좋은 소식 기다리고 있겠네."

그렇게 통신을 끊은 후 윈스턴은 곧바로 크롬 자작의 천막에서 나갔다.

혼자 남은 크롬 자작은 윈스턴에 대해 생각했다.

자신과 윈스턴은 사실 메이른 후작의 가신이 아니었다. 휘하 귀족파를 쉽게 관리하기 위해 오래전부터 베론 공작이 심어놓은 세작과도 같았다.

그리고 윈스턴은 자신과 또 달랐다. 윈스턴은 베론 공작의 명을 듣지만 자신과 같이 베론 공작의 수하는 아니었다. 오히려 베론 공작도 윈스턴을 대할 땐 예의를 지켰다. 아무리 6서클 마도사라도 베론 공작의 반응은 이상함이 있었다.

윈스턴의 존재가 단순히 6서클 마도사 이상의 의미가 있을지 모른다고 생각하는 크롬 자작이었다.

*　　　*　　　*

불행하게도 헬리온 백작의 선택은 크롬 자작의 전략에 가장 부합하는, 백작군의 입장에서는 큰 피해를 입게 되는 전략이었다. 아직 그 진정한 실력을 제대로 측정할 수 없는 콜린과 케인이라도 함께 있다면 다행이겠지만 그들은 월콧 성을 지키는 임무에 배정받았다.

지금의 병력 차이라면 기습이 아니라 전면전을 벌여도 불리했다. 일개 백작가에서 두 명의 블레이드 나이트를 소유한 것은 엄청난 전력이었다. 하지만 상대는 메이른 후작가였다.

재력과 인맥으로 끌어 모은 두 명의 블레이드 나이트와 후작 본인은 모르지만 사실 베론 공작으로부터 흘러들어 온 한 명의 6서클 마도사.

전체적인 병력에서부터 강자의 수까지 밀리는 상황이었다. 그럼에도 무모한 진군을 하는 헬리온 백작이었다.

*　　*　　*

"콜린, 생각해 보니 저희가 놓치는 부분이 있습니다."

"무슨 말씀이십니까?"

월콧 성에 남은 케인이 콜린에게 의문을 표했다.

"지금 시간에 쫓기는 것은 메이른 후작군이지 저희가 아닙니다. 일만이 넘는 대군을 일으켜 두 차례나 패배한 이후 계속해서 시간을 끌게 되면 불리해지는 것은 국왕파와 중립파 귀족들을 압박하는 귀족파가 될 것입니다."

메이른 후작가가 헬리온 백작가를 침공한 본래의 목적은 단숨에 백작가를 점령하고 국왕파와 중립파에게 자신들과 다른 길을 걷는 것에 대해 경고하려 했던 귀족파의 의도였다.

그러나 예상치 못한 헬리온 백작가의 선전에 경고하기는커녕 오히려 혼란만 일으키고 있는 상황에 메이른 후작군이 월콧 성이나 백작성 하나를 점령하고 시간을 질질 끌어 귀족

파가 우세하던 왕국 분위기에 혼란을 가중시킬 리 없다고 생
각한 케인이었다.

곰곰이 생각하던 콜린이 일리가 있다고 생각하며 케인을
바라봤다.

"그렇다면 혹시……."

"본군, 본군을 노릴 겁니다."

하루빨리 헬리온 백작성에 당도해야 한다는 생각에 백작
군은 쉬지도 않고 밤새 성을 향해 달려왔다.

"아버님, 이러한 위치라면 적의 매복이 있을 수 있지 않겠
습니까?"

양옆이 갈대숲으로 이루어진 길을 지나며 샤온이 조심스
럽게 말했다. 헬리온 백작은 한시라도 빨리 백작성으로 향하
고자 하는 마음에 직선거리의 들판을 이동 경로로 택했지만
이동 경로 중 가장 위험한 지역이 이곳 갈대숲이었다.

샤온의 걱정에 따로 정찰병을 보냈지만 걱정했던 적의 매
복은 없었다.

어느샌가 하늘의 색이 조금은 밝아지기 시작했다. 헬리온
백작군은 계속된 강행군 속에서 새벽이 밝아오자 극에 달했
던 피로가 조금이나마 가시는 듯한 느낌을 받았다.

슈슈슈슉!!

"크악!"

"기습이다!! 적의 기습이다 비상!!"

피로가 극에 달한 상태, 게다가 인간의 눈이 빛에 적응하지 못하는, 어둠이 사라지고 해가 뜨는 바로 그 시간대에 이루어진 메이른 후작군의 기습은 이미 체력이 한계에 달한 헬리온 백작군을 짚단을 베어 넘기듯 쓰러뜨렸다.

백작군 병사들과 후작군 병사들이 섞여 들어가자 난전이 발생했다.

스걱.

"적의 함정입니다! 어서 자리를 피하셔야 합니다."

헬리온 백작을 향해 달려오던 후작군 하나를 베어 넘긴 월 콧 자작이 백작을 보호하며 말했다.

'당했군.'

가장 매복하기 좋은 위치를 지나고 안심했던 헬리온 백작이다. 위험 지역을 지나고 안심한 상대를 노린 상대의 치밀함에 혀를 내두를 수밖에 없었다.

"헬리온 기사단은 남쪽으로 길을 뚫어라! 병사들은 기사들을 따라 남쪽으로 달려라!!"

이대로 싸운다면 백작군의 필패였다. 자신들은 피곤에 찌들고 대열도 흐트러진 상태이고, 상대는 자신들을 기다리며 만반의 준비를 해놨을 터였다.

월콧 성에 병력을 남겨놓은 것이 실책임을 깨달은 헬리온 백작은 지금이라도 월콧 성과 합류해야 함을 깨닫고는 방향을 옮겼다.

"받아라!!"

쾅!

주르륵.

적 기사의 일검에 본능적으로 검을 들어 막았음에도 큰 굉음과 함께 말에서 떨어진 말튼 자작의 입가에 선혈이 흘렀다.

"이자는 제가 막겠습니다. 월콧 자작, 어서 백작님을 모시고 가게!"

블레이드 나이트인 말튼 자작이 방심했다고는 하나 한 번의 검격으로 내상을 입었다. 상대의 수준이 최소한 자신들과 같은 블레이드 나이트임이 분명했다.

"말튼……!"

헬리온 가의 가신으로서 검과 방패로 불리기 이전부터 평생 함께 검의 길을 걷기로 한 친우가 홀로 남으려 하는 모습에 월콧 자작이 입술을 훑었다.

"반드시 무사해야 하네!! 이랴!"

자신이 함께 남아봐야 결국 그 끝이 같으리란 걸 예상한 월콧이 백작과 함께 기사들이 뚫고 간 길을 따라 달렸다.

"이자는 내가 상대하겠다! 내 허락 없이는 나서지 말도록!"

메이른 후작가의 블레이더 트람 자작은 비록 적이지만 백작을 구하려는 모습을 보고 기사로서 결투의 예의를 갖추었다.

병사들을 물리며 자신과 결투를 펼치려 하는 상대의 태도에 입가의 선혈을 닦고 살짝 고개 숙인 말튼 자작이 검을 잡으며 말했다.

스윽.

"헬리온 백작가의 말튼 자작이라 하네. 그대의 실력과 붉은 머리를 보니 메이른 후작가의 블레이더 트람 자작이겠군."

"메이른 후작가의 트람 자작이다. 긍지 높은 블레이드 나이트에게 이런 식의 기습을 가한 것에 대해 사과하지."

자기 스스로도 이러한 기습이 마음에 들지 않는지 말튼 자작에게 사과를 하는 트람 자작이었다. 천생 뼛속까지 기사였다.

"타합!!"

쾅! 쾅!

인사를 마치고 부딪치기 시작한 두 사람의 검에는 어느샌가 눈부신 푸른빛의 오러블레이드가 넘실거렸고, 오러블레이드끼리 부딪칠 때면 검이 부딪치는 것이라기보다 폭발음에 가까운 소리가 들려왔다.

과연 한 가문의 무력을 대표하는 오러블레이드답게 두 사람의 전투에 의한 파편만으로도 주위가 초토화되고 있었다.

말튼 자작이 맞대어진 검을 뉘이며 횡으로 휘둘렀다.

쾅! 스걱!

말튼 자작의 매서운 검 속에 트람 자작의 옆구리에서 조금씩 피가 흐르기 시작했다.

'쳇, 얕았군.'

이미 자신이 적들에게 포위되어 있음을 안 말튼은 백작가에 도움이 되기 위해 적 블레이드 나이트 한 명이라도 베어내려 노력하고 있었다.

그런 말튼 자작의 마음이 검으로 표현되었다.

쾅! 쾅! 스걱!

이번에는 공격 일변도인 말튼 자작의 틈을 발견한 트람 자작이 말튼 자작의 왼쪽 어깨를 베었다.

툭.

자신의 왼팔이 떨어져 나갔음에도 아무렇지 않은 듯 지혈

하며 다시 검을 잡는 말튼 자작을 보며 포위하고 있던 병사들은 신음을 삼켰다.

말튼 자작의 뛰어난 정신력을 보며 기습으로 인해 피해를 입히지 못했다면 지금까지의 전투에서 손해를 본 사람이 자신이 될 수도 있었다는 생각을 하며 트롬 자작도 검을 바로잡았다.

치지직!!

"크, 크헉."

트롬 자작과 마주 보고 있던 말튼의 가슴을 한줄기 뇌전이 뚫고 지나갔다.

"윈스턴! 신성한 결투에서 이게 무슨 짓이오!"

자신과 결투 중인 상대에게 갑작스러운 기습을 펼친 것에 분노한 트람 자작이 기세를 일으키며 윈스턴을 압박했다.

"흥! 지금은 전쟁 중이오! 그런 알량한 결투 따위는 이 전쟁을 끝난 뒤에나 생각하시오!"

윈스턴은 블레이드 나이트인 트람 자작의 기세를 아무렇지 않게 받아내며 헬리온 백작이 도망간 길을 서둘러 따라갔다.

"이 괘씸한."

비록 윈스턴이 귀족의 작위는 없었지만 그 실력에 대한 마땅한 대우를 해주고 있던 트람 자작은 윈스턴의 건방진 태도에 이를 악물었다.

'윈스턴, 이번 영지전만 끝나면 가만두지 않겠다.'

비록 윈스턴의 말이 틀린 말은 아니었지만, 귀족인 자신을 무시하는 이번 처사에 대해 책임을 물으리라 다짐한 트람 자작도 곧바로 뒤를 따라갔다. 윈스턴과의 사적인 일보다 지금은 공적인 백작가와의 전쟁이 우선이었다.

처음 후작군에게 기습당했을 때가 이제 막 어둠이 조금씩 물러가는 시기였다면, 지금은 해가 떠올라 메이른 후작군의 추격에서 벗어나고 있는 헬리온 백작군을 비추고 있었다.

후작군의 포위에선 벗어났지만, 이미 큰 병력 피해를 입은 백작군이었다. 게다가 이번에는 탈출로를 뚫기 위해 앞장선 기사단의 피해도 컸다.

'말튼.'

월콧은 적진에 남은 말튼 자작을 떠올렸다. 제아무리 블레이드 나이트라 하더라도 같은 블레이더와 싸운 후 혼자서 빠져나올 수 있는 확률은 지극히 낮았다.

"월콧 성까지는 너무 멉니다. 지원 요청을 보낸 뒤 적당한 지점에서 합류해야 합니다."

이미 큰 피해를 입었지만 콜린 자작과 천여 명의 병사가 합류한다면 전황을 뒤집는 일이 아주 불가능한 것은 아니었다.
물론 그러기 위해선 지금 당장 뒤쫓고 있는 메이른 후작군부
터 떼어내야 했다.

"후작군이 나타났다!!"

하지만 크롬 자작은 백작군을 곱게 보내줄 생각이 없었다.
더 시간 끌 필요 없이 여기서 끝내려는 생각이었다.

"돌격하라!! 한 놈도 살려두지 마라!!"

월콧 자작과 기사들이 선두에 서서 지휘하고 있었지만 후
작군의 기세에 이미 백작군의 정열은 흐트러진 상태였다.

이미 한 번의 패퇴에 사기는 땅에 떨어졌다. 한 번 더 후퇴
하게 되면 더 큰 피해를 입고 설사 후퇴에 성공한다 하더라도
백작군은 자멸할 가능성이 높았다.

"백작군은 들어라! 대열을 확인하고 물러서지 마라!!"

더 이상 물러날 수 없음을 느낀 헬리온 백작은 후퇴가 아닌
반격을 명했다.

'말튼.'

월콧은 자신과 기사들의 앞에 마주 선 후작군 기사들, 그중
에서도 이전의 후퇴에서 말튼이 붙잡아두었던 후작가의 블레
이드 나이트 트람 자작과 마주 섰다. 트람 자작이 이곳에 멀
쩡히 있다는 것은 말튼 자작이 당했다는 것을 뜻했다.

"돌격하라!!"

월콧의 시선이 트람 자작에게 가 있는 것을 확인한 헬리온 백작은 후작군이 달려들기를 기다리기보다 먼저 공격하기로 결정했다. 이미 따라잡힌 이상 더 이상 피하는 것은 의미가 없었다. 이제는 최선을 다해 싸울 뿐이었다.

와아아!!

채챙! 챙!

순식간에 수많은 창검이 난무하는 전장 속에서 동그란 원을 그리며 아무도 들어서지 않는 공간이 생겼다.

블레이드 나이트. 무엇이든 베어버리는 오러블레이드가 상대의 오러블레이드에 막히며 오러의 파편이 튕겨져 나갔다.

익스퍼트에 도달하지 못한 일반 기사들조차 자신들과는 다른 차원의 싸움에 끼어들지 못하고 있었다.

치지직!! 쾅!

월콧 자작은 트람의 검을 피하던 중 날아오는 뇌전을 검으로 후려쳤다.

"윈스턴!!"

뇌전을 막아내느라 틈이 생겼던 월콧이지만 트람은 그 틈을 노리지 않고 윈스턴에게 소리쳤다.

"무얼 하시오? 이건 전쟁이라 하지 않았소?!"

"이… 네놈이……."

원스턴에게 화를 내려던 트람 자작은 원스턴의 옆에 나타난 후작가의 또 다른 블레이더 팔슨 자작의 말에 고개를 돌렸다.

"트람 자작, 원스턴 마도사의 말대로 이건 전쟁이오. 나 또한 기사의 명예를 알지만 이번만큼은 뜻을 굽혀주시길 바라오."

트람 자작 하나만 해도 결코 자신의 아래가 아니다. 게다가 방금 전 뇌전에도 무시 못할 힘이 담겨 있었다.

그런데 그 옆의 사내에게서 또한 앞의 트람 자작 못지않은 기세가 흘러나오고 있는 것이다. 이들이 메이른 후작가의 무력인 블레이더와 6서클 마법사일 터였다.

간신히 뇌전을 막아내며 위기를 모면했던 월콧의 표정이 어두워졌다.

"쿨럭!"

블레이더와 6서클 마법사의 합공에 월콧 자작이 순식간에 수세에 몰렸다.

다행인 것은 원스턴에게 기분이 상했던 트람 자작이 월콧 자작과의 싸움을 포기하고 다른 곳으로 가버린 것이다.

블레이드 나이트가 다른 곳에서 날뛰는 것도 백작군에게 큰 피해가 될 테니 마냥 다행인 것만은 아니었지만 월콧 자작이 어떻게든 버틸 수 있는 상황을 마련해 준 것만은 사실이다.

쾅!쾅! 치지직!!

불리한 상황을 느낀 월콧은 완벽히 수비적인 움직임을 취했다. 두 강적을 상대로 공격할 생각은 꿈도 꾸지 못하는 상황이다.

할 수 있는 일이라곤 자신이 이 두 명을 막고 있는 동안 기적이 일어나기를 바라는 수밖엔 없었다.

"이런, 언제까지 막기만 하실 작정이시오? 백작군 병사들이 모두 나자빠지겠소. 하하!"

팔슨 자작이 공격을 위한 움직임이라고는 전혀 보이질 않는 월콧을 보며 비아냥거렸다. 그러나 대꾸도 하지 않는 월콧의 무반응에 분노한 팔슨이 더욱 거세게 검을 휘둘렀다.

'허, 모든 힘을 쏟아붓지 않으면 빠르게 제압하긴 힘들겠어.'

윈스턴은 백작가의 방패라고도 불린 월콧 자작의 방어적인 검술에 혀를 내둘렀다. 전체적인 전황에서 후작군이 앞서고 있었기 때문에 숨겨놓은 실력은 군이 꺼내지 않아도 될 듯싶었다.

크롬 자작이나 트람 자작 등 심지어 메이른 후작까지도 알지 못했지만 윈스턴은 속성 마법사였다. 그것도 과거 5인의 영웅 중 뇌전의 힘을 지닌 영웅으로부터 이어진 힘이었다.

비록 윈스턴이 뇌전의 영웅으로부터 모든 것을 물려받은 전인은 아니었지만, 다른 6서클 마법사보다는 월등한 능력을 지닌 것이 사실이다.

과거 영웅의 힘을 사용하는 윈스턴.

알케리온 왕국 내에서 그의 진정한 정체를 아는 사람은 베론 공작뿐이었다.

*　　*　　*

후아아앙!

강렬한 마나의 파동을 느낀 윈스턴은 그 파동의 근원지를 쳐다봤다. 이 정도 마나의 파동은 6서클 이상의 마나 공명에서만 일어날 수 있었다.

"그때 그 마도사인가?"

아무것도 없는 맨땅에서 솟아오르는 불길에 이리 뛰고 저리 뛰던 후작군 병사들은 이번에는 갑작스럽게 휘몰아치는 돌풍에 난생처음 공중부양을 경험하게 되었다.

6서클 마법 파이어필드와 토네이도를 개량해 파이어스톰을 흉내 낸 케인은 곧바로 전황을 둘러보았다.

순식간에 후방의 병사들이 혼란에 빠지자 밀어붙이던 후

작군의 기세가 주춤했다.

와아!!

"헬리온 백작님을 도와 후작군을 무찌르자!!"

지원을 요청한 지 한 시간도 채 되지 않아 아직 패퇴 소식을 전해 받지 못했어야 하는 월콧 성의 병사들이 눈앞에 나타났다.

지원군과 본군 모두 합쳐도 후작군의 숫자엔 한참 미치지 못했지만 지원군의 등장만으로 전황은 새롭게 흘러갔다.

말튼 자작이 당하고 월콧 자작이 묶여 있는 동안 헬리온 백작군에는 트람 자작을 막을 수 있는 카드가 존재하지 않았다.

그나마 소드 익스퍼트 기사들의 합공을 통해 몇 차례 시간을 벌었지만 계속해서 오러블레이드의 검로에 피해를 입고 있는 백작군이었다.

펑!!

날아오는 화염구를 쳐낸 트람 자작이 공격이 날아온 방향을 쳐다봤다.

"그 마법사로군."

트람 자작은 월콧 성의 전투에서 얼굴을 본 적 있는 콜린의 등장에 기쁨을 숨기지 못했다. 제아무리 뛰어난 마법사라 하더라도 기사와 일대일로 맞붙는 것은 자살 행위나 다름없던 것이다.

이전의 경우야 공성전이라는 특수한 상황 때문에 자신이 아무런 활약도 못하고 저 앞의 마법사에 의해 두 차례나 후작군이 패배하는 치욕을 겪었다. 그러나 지금과 같은 평야의 전투는 눈앞의 있는 마법사에게 그동안의 패배를 갚아줄 기회인 것이다.

화르륵! 쾅! 쾅!

강한 위력의 마법보다 빠른 캐스팅 마법 위주로 트람 자작을 묶어놓는 콜린이었다.

'크윽! 무슨 마법을 이렇게나 빠르게……'

자신이 아는 마법의 시전 속도를 가뿐히 뛰어넘는 콜린의 연속된 마법에 앞으로 나아가지 못하고 있는 트람 자작이었다.

파이어볼, 아이스스피어 등 계속 이어지는 콜린의 공격에 트람 자작이 손해를 감수하고 조금씩 전진하기 시작했다.

말튼 자작과의 결투 후 윌콧에 이어 계속 전투를 치러온 트람 자작은 이대로라면 자신의 마나가 먼저 바닥날 거라 예측하고 조금씩 거리를 좁혀갔다.

쾅! 챙!

'조금만 더.'

쾅!!

"쿨럭!"

이제 거의 코앞으로 다가온 콜린을 보며 울컥 올라오는 선혈을 삼킨 트람이 한 발 더 내디뎠다.

이제 한 발만 더 내디디면 자신의 검격 안에 들어오게 된다. 마법을 캐스팅하면서는 움직이지 못할 터였다. 설령 마법을 포기하고 도망치려 해도 마법의 방해에서 벗어난 자신의 검에 의해 자유롭지 못할 것이다.

약간의 손해를 감수하고 마지막 한 걸음을 내디딘 트람 자작이 눈앞의 마법사가 자신의 검에 반으로 쪼개질 것을 믿어 의심치 않으며 마지막 일검을 내려쳤다.

푸욱!! 화르륵!!

트람은 믿을 수 없는 눈으로 콜린을 바라봤다. 상대는 마지막 순간에 캐스팅을 중단했다. 그러나 이미 늦은 순간이었다.

전투력을 떠나서 마나의 힘이 있더라도 움직임에는 일반 소드 유저급 기사보다 못한 마법사이다. 중도에 마법을 중단하고 피하려 해도 블레이드 나이트인 자신의 검을 피할 수 있을 리 없었다.

그러나 자신의 검은 콜린의 한 발짝 옆으로 내려쳐졌다. 내려치는 연습만 하루에 천 번씩 해온 트람의 일격이 잘못 휘둘러졌을 리 없다. 트람은 백작가의 마도사가 자신의 검을 피했다는 사실을 알고서는 놀람을 숨기지 못했다.

"⋯⋯!"

그리고 곧이어 트람의 눈은 놀람을 넘어 경악으로 물들었다. 자신의 가슴에 삐죽 튀어나온 불꽃의 창. 불꽃의 창이라기보다 불꽃 그 자체가 창의 모양을 지닌 듯한 모습이다.

"화, 화염의 마도사!"

이글거리는 불꽃을 바라본 트람이 불신의 표정을 내비치며 쓰러졌다.

"휴우, 마나를 이용한 움직임이라⋯ 쉽지 않은 짓이군."

마지막 트람의 일격을 피할 때의 아찔함을 상기하며 고개를 휘휘 저은 콜린이 쓰러져 있는 트람을 뒤로하며 다시 전장으로 달려갔다.

콜린이 트람 자작과 전투를 벌이고 있을 때, 케인은 두 명의 강적을 만나 고전하고 있는 월콧 자작을 발견했다.

쾅! 챙!

블레이더와 마도사의 합공임에도 꽤나 선전하던 월콧 자작이다. 그러나 제아무리 방어적인 검술에 도가 튼 월콧 자작이라 하더라도 오래 버티는 것은 무리였는지 끝내 검을 놓치고 말았다.

"잘 가시게나."

미처 검을 잡지 못한 월콧 자작을 앞에 두고 팔슨 자작이 검을 휘둘렀다.

슈슈슉!!

월콧 자작의 목을 베기 위해 검을 휘두르던 팔슨 자작이 자신이 서 있는 자리를 향해 날아오는 바람의 칼날을 느끼고 힘껏 도약하며 뒤로 물러났다.

주르륵.

"누구냐?!"

물러난 팔슨 자작이 자신의 허벅지에 얕게 베인 상처에서 흐르는 피를 바라보며 소리쳤다. 비록 기습이었다고는 하나 블레이드 나이트인 자신에게 상처를 입힌 것이다.

"월콧 자작님, 괜찮으십니까?"

결정적인 순간에 등장한 케인이었다.

"케… 인 공자님?! 이곳은 위험합니다! 어서 피하십시오!"

꼼짝없이 죽을 위기에 놓여 있던 월콧이 검을 집어 들고 케인의 앞을 가로막으며 말했다.

결과적으로는 자신의 목숨을 구했지만, 케인의 실력을 알지 못하는 월콧은 블레이더와 마도사를 상대로 하는 전투에 뛰어든 케인의 무모함을 나무랐다.

"전 보호받기 위해 온 것이 아닙니다. 함께 싸우고자 합니다."

케인은 자신을 보호하려는 월콧의 옆에 서며 말했다.

'주제도 모르는 녀석 같으니⋯⋯!'

월콧 자작의 옆에 서는 케인을 보며 윈스턴은 코웃음쳤다. 어린 나이에 상당한 경지에 오른 것은 사실이지만, 이곳은 블레이더와 마도사들의 전장이다.

'아직 뇌전의 힘을 드러낼 필요는 없겠지.'

저 어린 마법사를 해치우기 위해서는 본신의 힘까지 끌어쓸 필요도 없었다. 더 시간 끌 필요가 없다고 생각한 윈스턴은 팔슨 자작에게 말했다.

"팔슨 자작, 내가 저 어린놈을 처리하겠소. 그동안 블레이더를 맡아주시오."

케인이 등장하며 날린 바람의 칼날에 가볍지 않은 위력이 담겨 있음을 눈치챈 팔슨이 고개를 끄덕였다.

먼저 움직인 것은 윈스턴이었다.

윈스턴이 손에 형성되어 있던 뇌전의 구를 케인에게 날리며 순식간에 또 다른 마법을 캐스팅하기 시작했다.

챙!!

케인을 향해 날아오는 뇌전을 보고 몸을 날리려던 월콧 자작은 자신에게 날아드는 팔슨 자작의 검에 의해 발이 묶였다.

"공자님!!"

케인의 실력을 모르는 윌콧은 위험에 빠진 케인을 향해 소리쳤지만 곧이어 벌어지는 믿을 수 없는 광경에 할 말을 잃었다.

치지직! 쾅! 콰쾅!!

수많은 뇌전의 줄기와 불꽃이 케인을 휘어 감았다.

"아니?"

먼지가 날려가며 케인이 서 있던 자리를 보고 가장 당황한 것은 마법을 펼친 윈스턴이었다.

6서클에 이른 마도사 윈스턴의 공격이 케인을 감싸고 있는 반투명한 막에 가로막혀 흩어진 것이다.

'너무 약하게 갔나보군.'

속성력의 힘을 숨기려다 보니 마력을 과하게 조절한 듯했다. 그렇지 않으면 저 어린 마법사가 이렇게 멀쩡할 리가 없는 것이다.

'이번엔 확실히 보내주지.'

화르륵! 치지직!!

이번엔 속성력을 제외한 자신의 모든 힘을 끌어낸 윈스턴이었다.

콰콰쾅!!

이전의 마법에 의한 피해가 남아 있던 것일까?

겉보기에도 더욱 파괴력이 넘치는 윈스턴의 마법이 자신

에게 날아오는 모습을 보면서도 움직이지 못하고 서 있는 케인이었다.

"아쉽게 되었군. 이토록 젊은 나이에 5서클에 오른 뛰어난 마법사를 내 손으로 명을 거두게 되다니……."

자신의 마법에 아무런 저항도 못한 채 폭발에 휩싸인 케인을 보며 안타까운 듯 말을 하는 윈스턴이었지만, 입가에 남은 미소를 숨길 생각은 없어 보였다.

그러나 그런 윈스턴의 기대를 저버리는 목소리가 들려왔다.

"월콧 자작님, 이 정도면 함께 싸워도 되지 않겠습니까?"

"공자님?!"

지축을 흔드는 엄청난 폭발 속에서도 상처 하나 없이 멀쩡한 케인의 모습에 윈스턴은 물론 월콧까지 놀라움을 감추지 못했다.

'이게 어떻게……?'

고작 스물한 살의 케인이다. 자신이 직접 검을 가르친 적도 있는 일공자가 고작 3년이라는 짧은 시간 만에 자신을 놀라게 할 정도의 강자가 되어 나타난 것이다.

"아, 아니?!"

월콧과는 또 다른 경악성이 튀어나왔다. 바로 직접 마법을 시전한 당사자 윈스턴이었다.

'이번의 마법은… 분명 마력을 모두 개방했거늘……'

자신의 마력을 모두 쏟아부은 마법이었다. 5서클은 물론 6서클에 오른 마도사조차 미리 준비하고 있지 않았다면 저리도 쉽게 방어하기 힘든 위력이었던 것이다.

"설마… 마도사?!"

그랬다. 5서클인 줄 알았던 저 어린 마법사가 사실은 6서클에 이른 마도사였다. 그리고 두 번째 공격이 있을 때까지 아무것도 안 한 채 가만히 있는 것이 아니라 자신의 마법을 막기 위해 미리 준비하고 있는 상태였던 것이다.

"날 농락하다니… 건방지구나. 어린 마도사여, 각오하는 게 좋을 것이다."

마치 아무것도 할 수 없는 양 가만히 있다가 자신의 마법을 보란 듯 막아내는 케인을 보며 분노한 윈스턴의 기세가 달라지기 시작했다.

자신에게 분노를 표현하며 기세를 뿜어내는 윈스턴을 보며 케인이 선언하듯 말했다.

"저 또한 당신들을 곱게 보내드릴 생각이 없습니다."

월콧과 케인, 자신과 팔슨.

같은 경지의 기사와 마법사가 숫자까지 같다. 본신의 능력을 사용하면 질 리는 없다고 생각했지만 그렇게 되면 자신과 메이른 후작, 아니, 자신의 속한 세력과 베론 공작과의 관계까지 드러날지도 모르는 일이었다.

치지직!

'하는 수 없지!'

자신의 힘으로 인해 의심을 받을지언정 이번 전투는 승리해야 했다. 결정을 내린 윈스턴은 양손에 뇌전을 일으키기 시작했다. 이전까지와 같은 뇌전의 마법이 아닌 순수한 속성력이었다.

뇌전이 케인의 주변에 생긴 반투명한 막에 부딪치며 힘없이 사라지면서 이번에는 반대로 캐스팅을 준비하는 윈스턴에게 화염구가 날아가 폭발했다.

펑!!

엄청난 위력의 마법들은 아니지만 윈스턴과 케인은 아무런 캐스팅 없이 서로를 공격하는 상대방의 모습을 보며 한 가지를 떠올렸다.

'선택받은 자들의 힘, 속성력.'

자신뿐 아니라 눈앞에 있는 상대 또한 속성력을 사용하는 마도사라는 사실을 눈치챈 케인과 윈스턴의 기세가 방금 전과는 또 다르게 더욱 강렬하게 퍼져 나갔다.

싸우기 시작한 케인의 기세가 결코 평범하지 않음을 눈치챈 월콧은 자신이 착각했음을 깨달았다. 처음부터 적 마도사의 공격을 보란 듯 막아낸 것도 자신을 안심시키기 위함이었던 것이다.

'어느새 이렇게 성장하셨구나.'

월콧에게 케인은 더 이상 주군의 아들로서 보호받을 대상이 아니라 함께 싸울 동료가 되어 있었다.

"기다려 줘서 고맙군. 우리도 이제 시작하지."

케인에게서 시선을 뗀 월콧이 검을 고쳐 잡았다.

쾅! 쾅!

더 이상 케인에 대한 걱정을 접기로 한 월콧이 방어적인 모습을 벗어던지고 팔슨 자작에게 뛰어들며 두 줄기 오러블레이드가 허공에서 부딪쳤다.

'이놈도 속성력을 지니고 있었다니……!'

상대가 마도사라는 것을 깨닫고 뇌전의 속성력을 이용해 빠른 선공을 취했던 윈스턴은 실드를 펼치고 곧바로 화염을 쏘아 보내는 케인을 보고는 자신과 같은 속성 마법사라는 사실에 경악했다.

어린 나이에 6서클에 오른 것만 해도 엄청난 일인데 속성력에 대한 재능까지 있었던 것이다. 결코 높지 않은 확률로 마나의 선택을 받아 마법사가 되어야 하고, 거기에 추가적인 재능까지 지녀야 하는 존재가 속성 마법사였다. 희귀한 존재만큼이나 보통 마법사들보다도 강한 마법력을 자랑했다.

'조금 더 시간이 주어진다면 7서클에 이르는 속성 마법사가 되어버릴지도 모르겠구나!'

케인이 속성 마법사라는 사실을 깨닫고 윈스턴은 자신의 모든 힘을 발휘하기 시작했다. 아군이라면 모를까, 적으로 만난 이상 반드시 목숨을 거둬야 하는 상대였던 것이다.

휘몰아치는 화염과 뇌전으로 인해 주변의 환경이 변해가고 있었다. 땅은 파여 가고 바위는 쪼개졌다.

"아니, 저기, 저거 일공자님 아니야?!"

난데없는 초인들의 전투에 자연스럽게 눈이 돌아가던 한 백작군이 깜짝 놀라며 소리쳤다. 몇 번 보진 못했지만 헬리온 백작령에서 평생을 보낸 병사가 백작가의 일공자를 못 알아볼 리 없었다.

휘몰아치는 수많은 마법에 의해 잠시 소강 상태가 되어 있던 주변의 전투에 한 병사의 목소리가 들려오자 백작가 기사들은 정신을 차리고 후작군에게 달려들었다.

"일공자님께서 적 마도사를 막고 계신다! 공자님을 도와 후작가를 밀어내자!!"

백작성 내에서 활동하고 심지어 케인의 검술 수련을 도와주기까지 했던 왓슨 남작은 자신의 눈으로 보면서도 적 마도사를 막는 마법사가 케인이라는 것을 믿을 수 없었다.

하지만 그와는 별개로 왓슨 남작의 검은 이미 휘몰아치는 마나의 폭풍을 뚫고 지나가 적의 병사를 베어가고 있었다.

비록 마도사 간의 전투에는 끼어들지 못하고 있지만, 기사인 자신이 일공자를 지켜야 함을 깨닫고 움직이기 시작한 것이다.

서로 간에 더욱 강한 마법을 캐스팅하지 못하도록 각각 뇌전과 화염 속성력을 이용해 계속 견제하던 윈스턴과 케인이다.

"파이어볼!!"

쾅!! 치지직!!

계속된 견제 속에서 빠른 캐스팅으로 먼저 마법을 성공시킨 것은 케인이었다. 비록 3서클 마법에 불과하지만 화염 속성력을 지닌 마도사의 마법이다.

견제를 포기하고 뇌전으로 날아오는 파이어볼을 소멸시킨 윈스턴은 속으로 적잖은 놀람을 가졌다.

자신보다 한참 어린놈이 속성력의 크기에서도 밀리지 않았고, 오히려 캐스팅 속도에서는 자신보다 조금씩 앞서고 있다. 7서클 마법사가 아닌 이상 뇌전의 마도사인 자신을 이렇게 밀어붙일 수 있는 자가 있으리라고는 생각지 못했다.

'쳇, 아깝군.'

자신의 파이어볼로 인해 틈이 생겼던 적 마법사다.

큰 틈은 아니었지만 미세한 차이가 커지고 커져 나중에는 자신에게 큰 위력의 마법을 캐스팅할 정도의 시간 차이를 불러올 기회를 놓친 케인은 아쉬움에 입맛을 다셨다.

'다시 한 번 몰아붙이면 되겠지!'

지금 케인이 가진 가장 큰 약점이 바로 경험이었다.

태성의 수학적 지식을 통한 빠른 캐스팅과 두 개의 마나 홀에서 뿜어져 나오는 강대한 마나 덕분에 같은 수준의 상대에게 밀릴 리는 없었다. 그렇다 해도 예상치 못한 상황에 맞닥뜨리게 된다면 본 실력을 발휘하지 못하게 될지도 모르는 일이다.

그러나 다행히도 케인이 겪는 첫 대결에서는 케인이 당황할 만한 합공이나 강대한 공격이 없었다. 어떻게 보면 그나마 안전한(?) 대결을 통해 실전 경험을 쌓고 있는 케인이었다.

치지직! 쾅!

캐스팅 속도에서 자신이 뒤처진다는 사실을 깨달은 윈스턴은 스스로 캐스팅을 포기하고 일말의 여유도 주지 않기 위해 계속해서 뇌전을 흩뿌렸다.

속성 중에서 가장 공격적인 뇌전과 화염의 뒤엉키며 폭음을 일으켰다.

마법 시전의 시간을 벌기 위해 싸웠던 이전과는 다르게 순수한 속성력 싸움으로 변한 전투에서는 조금씩 윈스턴이 앞서나갔다.

여러 속성 중에서 화염이 파괴의 대표적인 속성이었지만, 가장 파괴력이 뛰어난 속성은 뇌전이었다. 물론 그만큼 많은 마나와 집중력을 필요로 하지만 순수하게 파괴력만큼은 뇌전을 따라올 수가 없었다.

틈을 주지 않는 윈스턴의 공격에 당황한 케인은 섣부르게 다른 행동을 취하지 못했다. 약간의 틈이라도 발생한다면 노련해 보이는 상대 마법사는 자신이 놓쳐 버렸던 것과는 달리 그 한순간에 틈을 비집고 들어올 것이 분명했다.

쿠와앙!

케인은 화염의 속성력만으로는 상대를 이길 수 없다는 것을 인정하고는 무리해서 자신의 몸 주변에 강한 불기둥을 일으켰다.

윈스턴은 케인의 화염이 자신을 향한 것이 아니라 단지 스스로를 방어하기 위함을 알고는 계속해서 뇌전을 쏘아 보냈다. 그리고 화염이 소멸되며 케인의 모습이 드러나자 윈스턴은 자신의 그 선택이 패착이 되었음을 깨달았다.

'이, 이런……'

화염을 비집고 들어간 뇌전은 화염 속의 반투명한 막에 부딪치며 사라졌다. 화염만으로는 이길 수 없음을 깨달은 케인이 불기둥을 일으키고 그사이 과거 윌콧 성에서 마법사들의 합공을 받아냈던 그레이트 실드를 일으킨 것이다.

만약 불기둥을 소환하고 방어로 돌아섰을 때 윈스턴이 계속 속성력 싸움을 걸지 않고 캐스팅을 준비했다면 먼저 더 큰 위력의 마법을 완성시켰을 것이다.

아무리 케인의 캐스팅 속도가 빠르더라도 불기둥을 유지시키며 마법을 캐스팅하기란 쉽지 않은 일이었으니까.

실드의 안에서 마법을 캐스팅하는 케인은 자신의 작전이 성공하자 속으로 웃음을 터뜨렸다. 화염 속성력과 마법의 힘으로만 제압하기 쉽지 않을 거라 생각하고 다른 힘을 보이기 전에 마지막으로 도박의 심정으로 펼친 계획이었다.

"파이어볼!"

"그레이트 실드!!"

"익스플로젼!!"

쾅! 콰쾅!

마법 대결로 상황이 뒤바뀌자 실드를 펼친 채 선공을 가한 케인에게 다시 승기가 기울기 시작했다.

'젠장, 이 어린놈이…… 일단 벗어나야겠다.'

수세에 몰려 있던 윈스턴은 자신과의 짧은 전투 사이에 성장하는 케인을 보면서 자신의 약세를 깨닫고 퇴로를 모색했다.

자신은 베론 공작의 사람도 아닐뿐더러 메이른 후작가의 사람은 더더욱 아니었다. 비록 자신이 속한 곳에서 메이른 후작가가 승리해 알케리온 왕국이 베론 공작의 손아귀에 떨어지길 바라고 있지만, 자신의 목숨을 걸 정도로 중요하다고는 생각지 않는 윈스턴이었다.

'이 녀석을 당황시켜야……'

자리를 벗어나려면 경험이 없어 보이는 어린 화염의 마도사를 떼어내야 했다.

'보아하니 저 블레이더와 친분이 있어 보이니……'

생각을 정리한 윈스턴은 곧바로 행동에 옮겼다.

치지직!!

방어 마법만 펼치던 윈스턴이 갑자기 뇌전을 쏘아냈다.

'어림없다!'

이미 기세를 잡은 케인은 가볍게 뇌전을 소멸시키고 뇌전을 쏘아내느라 틈이 생긴 윈스턴 자작을 공격하려 했다.

'앗?!'

뇌전을 소멸시키려 손을 휘두르던 케인은 뇌전이 향하는 방향이 자신이 아니라 상대 블레이더와 싸우고 있는 월콧 자작이라는 것을 깨닫고 몸을 날리며 화염을 쏘아냈다.

케인의 움직임은 일전에 트람 자작과의 전투에서 마지막 일검을 피할 때 콜린이 보여준 움직임과 매우 흡사했지만, 그 속도는 콜린의 움직임과 비교할 수 없었다.

가까스로 윌콧 자작에게 피해를 입히기 전에 뇌전을 막아 낸 케인이 윈스턴이 있던 곳을 돌아봤지만 그는 이미 자리를 피한 후였다.

스걱!

윌콧 자작의 검이 케인의 마법에 중심을 잃은 팔슨의 목을 베었다.

"헉헉! 말튼, 말튼 자작을 죽인 블레이드 나이트가 한 명 더 있습니다. 그놈을 내버려 두면 백작군의 피해가… 쿨럭!"

체력이 한계에 달한 윌콧이 검을 지팡이 삼아 기댄 채 말하다 선혈을 내뱉었다. 뇌전의 마도사와 블레이더의 합공을 견뎌내고 팔슨 자작의 목을 베기까지 내상이 없다면 오히려 그것이 이상한 일이었다.

"저뿐만 아니라 콜린 자작도 함께 왔습니다. 분명 좋은 소식을 가져올 테니 걱정 마시고 일단 내상부터 다스리셔야 합니다."

6서클 마도사 콜린이 함께 왔다는 이야기에 윌콧이 고개를 끄덕이며 요동치는 마나를 가라앉히기 시작했다. 그렇게 후작군의 강자들을 꺾은 케인과 윌콧이 숨을 고르는 동안에도 콜린의 활약은 계속되고 있었다.

두 블레이드 나이트를 잃은 후작군은 빠르게 무너지기 시작했다. 성을 이용한 지난 전투에서는 마법사들끼리 서로를 견제했고, 블레이더와 익스퍼트급 기사들은 성벽에 가로막혀 제 실력을 뽐내지 못했다.

그러나 이번 전투에서 두 명의 블레이드 나이트가 목숨을 잃고 6서클 마도사는 행방불명된 후작군은 블레이드 나이트와 마도사들이 어째서 각 가문의 대표 무력으로 꼽히게 되는지 다시 한 번 뼈저리게 느끼게 되었다.

후작군의 최상위 실력자들을 물리친 강자들—윌콧과 콜린, 케인—의 합류에 백작군은 자연스럽게 정열을 정비하며 뭉치게 되었다.

반대로 손짓 한 번, 칼질 한 번에 병사들의 목숨을 앗아가는 블레이더와 마도사들의 활약에 후작군은 뿔뿔이 흩어지며 도망가기 바빴다.

"이… 이럴수가……."

1만의 대군을 일으키며 승리를 믿어 의심치 않았던 메이른 후작이었지만 예상치 못한 두 마도사, 케인과 콜린의 등장과 그들의 활약으로 인해 무너져가는 자신의 군대를 보며 눈을 질끔 감았다.

　그렇게 알케리온 왕국에 고요한 폭풍을 몰고 올 영지전이 끝나가고 있었다.

영지전이 끝났다. 출전한 육천 명의 백작군 중 살아남은 자가 채 삼천이 되지 않았지만 누가 봐도 헬리온 백작가의 대승이었다.

아무리 헬리온 백작가가 변경백의 지위에 있어 강대한 세력을 가지고 있다지만 상대는 후작가였다. 그런데 상대를 철저하게 몰아낸 것이다.

헬리온 백작가의 승리!

이 소식에 왕국 전역이 들썩였다.

그런데 뒤이어 들려오는 또 하나의 놀라운 소식. 헬리온 백작가가 승리했다는 사실도 쉽게 믿을 수 없었건만, 백작가 일공자의 소식은 경악스러울 정도였다.

헬리온 백작가의 일공자가 마도사가 되어 돌아왔다!

동생에게 소가주 자리를 양보하고 마법을 배우기 시작했던 스무 살에 불과한 일공자가 단 3년 만에 마도사가 되어 나타난 것이었다.

비록 백작가의 검이라 불렸던 말튼 자작이 영지전에서 목숨을 잃었고, 엄청난 피해를 입은 헬리온 백작가였다.

하지만 메이른 후작가의 일만 대군을 분쇄하고 케인과 콜린이 등장하면서 오히려 강자의 수가 늘어난 헬리온 백작가를 무시할 수 있는 곳은 없었다.

설령 귀족파의 수작인 베론 공작이라 할지라도.

"허, 정말 그 소문이 사실이라는 거요?"

베론 공작은 메이른 후작가가 헬리온 백작가와의 영지전에서 대패했다는 보고를 듣고는 믿지 않았었다.

왜냐하면 그곳에는 알티아 제국의 한 가문으로부터 지원받은 속성 마법사, 뇌전의 마도사 윈스턴이 있었으니까.

속성력을 지닌 마도사는 같은 경지의 마도사, 혹은 블레이

더 둘을 동시에 상대할 수도 있는 괴물이다. 소드 마스터라도 나타나지 않은 이상 메이른 후작가가 패배할 리 없다고 생각한 베론 공작이었다.

그러나 베론 공작은 통신 수정구에 비치는 메이른 후작의 추레한 몰골을 보고는 소문을 믿지 않을 수 없게 되었다.

"죄송합니다. 이런 패배를 하고 보고하는 것이 염치없다는 것은 알지만 중요한 정보가 있습니다. 헬리온 백작가도 큰 피해를 입었겠지만 병력이 문제가 아닙니다. 그곳에는 두 명의 속성 마법사가 있습니다."

뇌전의 마도사 윈스턴이 패하고 메이른 후작이 저런 꼴을 하고 왔다. 그 속성 마법사들 또한 마도사급이라는 이야기는 듣지 않아도 자연스럽게 눈치챌 수 있었다.

'여우 사냥인 줄 알았거늘 호랑이였다니… 크롬 자작의 전술이 통하지 않은 이유가 있었군.'

베론 공작이 메이른 후작가가 헬리온 백작가를 집어삼킬 것을 믿어 의심치 않은 이유가 바로 윈스턴과 크롬 자작이었다.

크롬 자작의 전술 능력과 뇌전의 마도사의 전투력은 의심할 필요가 없었다. 그런 그들이 패배할 줄이야. 특히 크롬 자작의 죽음 소식은 상당히 거슬렸다.

'크롬 자작이 죽다니… 유용한 녀석이었건만. 그나마 다행

이군. 윈스턴까지 죽었다면 그쪽에서 상당히 난리쳤을 테
니.'

크롬 자작의 죽음은 안타까웠지만 윈스턴을 보내온 곳과
의 마찰이 일어나지 않을 것을 생각하며 위안을 삼는 베론 공
작이었다.

"고생하셨소. 영지전에서 패한 이상 국왕파에게 우세가 돌
아갔으니 당분간은 좀 더 지켜봐야겠습니다. 우선 패전의 여
파로 병사들과 영지민이 동요하지 않도록 잘 추스르고 계시
오. 내 다시 연락을 하겠소."

"네, 알겠습니다, 공작 각하."

메이른 후작과의 통신이 끝났다. 하지만 베론 공작의 찌푸
린 표정은 펴질 줄을 몰랐다.

"흠, 이번 영지전으로 당분간은 국왕의 콧대가 높아지겠
군. 대책이 필요해, 대책이."

우세를 점하고 있던 귀족파의 기세가 한층 수그러들었다.
헬리온 백작가의 국왕파 지지 선언과 더불어 메이른 후작가
의 패배로 인해 알케리온 왕국의 세력 구도가 다시 팽팽해진
것이다.

*   *   *

메이른 후작과 베론 공작이 이야기를 나누고 있을 때, 가까운 곳에서 또 다른 통신 마법이 연결되어 있었다.

"무슨 일이길래 내게 직접 통신 마법을 연결한 것이냐?"

"이번 알케리온 왕국의 일을 보고 드려야 하기에⋯⋯. 죄송합니다."

적수를 찾아보기 힘든 뇌전의 마도사로 베론 공작의 앞에서도 당당했던 윈스턴이 수정구 속 사내에게는 연신 고개를 조아리며 이야기하고 있었다.

"나머지 일은 너에게 위임한다 하지 않았더냐?"

귀찮은 듯한 사내의 목소리에 윈스턴이 조심스럽게 말했다.

"그것이⋯ 메이른 후작군이 헬리온 백작가에게 패했습니다."

"⋯⋯."

수정구 속의 사내가 말이 없어지자 윈스턴은 더욱 안절부절못하며 횡설수설하기 시작했다.

"마, 마도사⋯ 속성력을 지닌 마도사가 둘이나 출현했습니다. 저도 속성력을 끌어올렸지만 녀석들의 힘이 결코 저에 뒤처지지 않았습니다."

"속성력을 사용하고도 패배했다⋯⋯. 예상외로구나. 둘씩이나 된다면 혼자서는 무리였겠지. 하지만 패배를 정당화할 수는 없다."

"죄송합니다. 제게 다시 그놈들을 처리할 기회를 주신다면……."

"베론 공작이 이대로 물러나진 않을 테니 조만간 더 크게 일이 벌어지겠지. 알케리온 왕국의 일을 마무리 지을 때까지 그곳에서 근신하도록."

수정구 속의 사내가 윈스턴에게 근신을 명하며 통신을 끊었다.

뇌전의 마도사 윈스턴이 마치 농노가 귀족에게 조아리듯 고개를 숙인다는 사실을 말한다면 누가 믿을 수 있을까?

그렇게 수정구 속에서 미지의 사내가 사라지자 윈스턴은 언제 그랬냐는 듯 허리를 펴며 이전의 당당한 마도사의 모습으로 돌아왔다.

*　　*　　*

메이른 후작군을 몰아낸 헬리온 백작가는 곧바로 메이른 후작가를 치기보다 후작가로부터 피해 배상금을 받아내고 내실을 다지기로 했다. 겉으로는 대승을 거둔 헬리온 백작가였지만 생각보다 피해가 컸기 때문이다.

육천에 이르렀던 병력이 반이 되어 삼천으로 돌아왔다. 징병했던 병사들을 해제하면 남은 병력으로는 영지수비군을 꾸리기조차 버거운 상황이다.

"이대로 징병을 유지할 것이 아니라면 메이른 후작가로부터 받은 배상금을 모두 영지수비군 확충에 쏟아부어야 할 것 같습니다."

영지를 관리하는 헬리온 백작가의 총관인 프레이 남작이 말했다.

돈이 들지 않는 징병과는 다르게 직업군인인 영지군은 분명 꾸준하게 돈이 들었다. 그러나 돈이 든다 하여 영지군을 모집하지 않고 징병을 해제하지 않는다면 지금 당장은 돈이 들지 않겠지만 영지 내 가정의 가장이 사라지고 일할 수 있는 장정들이 사라지게 된다.

그로 인해 영지가 점점 더 악화되는 것을 막기 위해서라도 백작가의 전력을 조금 천천히 메우더라도 징병은 일찍 해제하는 것이 미래를 위해 조금이라도 이득이었다.

"징병을 해제하고 일단 급한 대로 지금의 영지군만으로 치안을 유지하도록 하지. 배상금으로 받은 돈으로 천천히 영지군을 모으고 전후 피해 복구에 사용한다."

부족해진 영지군의 숫자를 빠르게 채우지 않는다면 영지의 치안이나 외부의 도발 등으로 인해 문제가 생길 수 있다.

하지만 메이른 후작가와의 영지전을 승리로 장식하고 게다가 새로운 영웅까지 등장한 헬리온 백작가의 병력에 구멍이 생겼는지 도발해볼 만한 세력은 다행히 존재하지 않았다.

따라서 당장 병력의 숫자에 신경 쓰기보다 내실을 다져 후일을 기약하는 것이 더욱 도움이 되리라 생각한 헬리온 백작이었다.

전쟁이 끝나고도 케인은 여전히 콜린의 저택에서 지냈다.

전후 회의가 끝나고 저택으로 돌아온 케인을 누군가 찾아왔다.

똑똑똑.

"케인 공자님, 샤온 공자님이 찾아오셨습니다."

끼익.

"케인 형, 어떻게 나한테 말도 안 하고……!"

들어오라는 말을 듣기도 전에 문을 열고 들어선 샤온이 케인에게 큰 소리를 냈다.

"소가주 동생 왔구나. 그러다 목 다친다. 어쩐 일이야?"

"예전에 소가주 자리를 양보하면서 나한테 하고 간 말이 이거였구나?"

3년 전 후계자 발표에 대한 회의가 끝나고 케인이 던지고 간 의미심장한 말을 기억해 낸 샤온이 케인을 몰아붙였다.

"검술을 포기하고 마법을 배우겠다더니… 괴물이 되어버렸어."

"그럼 그때 내 말을 믿지 않았던 거야? 정말로 마법을 배우려고 그랬다니까."

샤온이 지난 3년간 케인이 마법을 배워온 얘기가 궁금한 듯 케인에게 물었다.

"설마 형처럼 마법을 익히면 모두 3년 만에 그렇게 강해질 수 있는 거야?"

후작군과의 전투에서 케인의 활약을 똑똑히 본 샤온이 눈을 반짝이며 물었다.

여차하면 자신도 마법을 배우겠다고 나설 기세였다.

"그건 아니지. 그래도 나와 콜린 자작이 가르친다면… 3년 만에 꽤 그럴듯한 모양새는 만들 수 있을 거야. 안 그래도 그 생각을 하고 있었거든."

영지전이 끝나고 케인과 헬리온 백작의 상의 끝에 이전처럼 자작의 작위를 갖게 된 콜린이었다.

"뭐야? 정말로 마법을 가르치려고? 누구에게?"

"누구에게 가르쳐야 할지는 아직 정하지 못했지만, 어떻게 가르쳐야 할지는 대충 감이 잡혀."

애초에 태성의 영혼이 처음 들어와 케인의 몸에 자리 잡았을 때에는 이곳에서의 생활이야 어떻게 되든 상관없다고 생각했었다.

하지만 시간이 지나면서 이곳에서의 생활도 또 다른 자신의 삶이라는 것을 인정한 케인이다. 그 상태에서 메이른 후작가와의 영지전을 겪게 되었다.

"지금까지 누구도 보지 못했던 마법병단을 만들어 볼 생각이야."

케인은 자신이 원래의 세계로 돌아가게 되었을 때 자신의 가족이 남아 있는 백작가를 지킬 무력이 필요하다고 생각하게 되었다.

때문에 영지전이 끝나자 백작가의 무력을 키우기 위해 곧바로 마법사들로 이루어진 특수부대를 만들고자 마음먹은 것이었다.

"두 명의 마도사가 가르친다라……. 그것도 그냥 마법사가 아니라 병단이라고?"

마법사라하면 보통 괴짜로 알려져 있고, 연구에 힘쓰는 존재들이었다. 그런데 그런 마법사로 이루어진 병단을 만들겠다는 케인의 말에 샤온이 놀란 듯 물었다.

"그래. 마법병단이 될 거야."

"마법사로 이루어진 병단이라……. 형이 계획한대로 만들어진다면 큰 힘이 되겠는걸?"

대륙에서는 볼 수 없던 마법사들로 이루어진 병단을 만들겠다는 케인의 말에 샤온이 들뜬 듯 말했다.

"마법사라는 기존 인식과는 다른 모습을 보여주겠지. 이들이 우리 헬리온 가문의 미래가 될 거야."

헬리온 백작가의 미래를 짊어진다?

아직 첫발을 내딛지도 못한 마법병단에게 다소 과한 부담이 될 수 있는 무게가 느껴졌지만, 반드시 그렇게 만들고 말리라는 케인의 의지가 전해져왔다.

"이왕 말이 나온 김에 바로 시작하는 게 좋겠다. 형 먼저 간다."

샤온의 말에 곧바로 자신이 구상한 마법사들로 이루어진 부대의 창설을 허락받고자 헬리온 백작을 찾아가는 케인이었다.

"마법병단을 만들고 싶다니… 갑자기 무슨 소리냐?"

"저희 백작가의 마법사 수준이 상당히 불균형합니다. 콜린 자작과 함께 직접 백작가의 마법병단을 만들고자 합니다."

"불균형하다니? 게다가 콜린 자작과 네가 직접 가르치겠단 말이냐?"

마법병단을 창설하고 그들을 직접 가르치겠다는 케인의 말에 헬리온 백작이 놀라며 물었다.

6서클에 이른 두 사람이 직접 가르친다면 분명 빠른 성장이 보장될 테지만, 높은 경지에 오를수록 자신을 갈고닦는 데 더욱 많은 신경을 쓰는 것이 일반적이다.

"직접 가르칠 생각입니다. 영지를 지키기 위해서는 제 스스로의 힘을 키우는 것보다 3~4서클의 중급 마법사의 수를 늘리는 것이 더욱 도움이 될 겁니다."

"흐음, 하지만 너와 콜린 자작, 그리고 탈론 경까지 고위마법사만 셋이 넘는다. 마법사 전력이라면 지금 이대로도 충분하지 않겠느냐?"

더 강해진다면 좋기야 하겠지만 케인과 콜린의 등장으로 추가적인 마법 전력의 필요성을 느끼지 못하는 헬리온 백작이었다.

마법병단 창설에 회의적인 반응을 보이는 헬리온 백작을 설득하기 위해 케인이 설명을 덧붙였다.

"마법사의 수는 서클이 한 단계 오를수록 5분의 1로 줄어드는 것이 일반적입니다. 그리고 최소한 그 비율대로 상급 마법사를 중하급 마법사들이 받쳐주지 않는다면 5~6서클의 고위 마법사들도 제 위력을 발휘하지 못할 공산이 큽니다."

케인의 말대로 헬리온 백작가의 마법사 전력의 비율은 상당히 언밸런스했다. 전쟁이 끝난 후 6서클 마도사가 둘, 5서클 마법사가 하나, 그리고 3~4서클의 마법사를 모두 합쳐봐야 열도 되지 않았다.

보통 마법사들의 경지를 비율로 그리면 피라미드 모양이 나오게 된다. 한 경지가 오를 때 5분의 1정도로 줄어드는, 4서클 마법사가 다섯 명 있다면 그보다 상위의 5서클 마법사가 한 명 정도 있는 것이 마법사들의 비율을 생각했을 때 올바른 균형이다.

지금 헬리온 백작가에서는 새로운 마도사가 둘이나 등장하는 바람에 고위마법사의 능력은 대폭 향상되었지만 그 밑을 받쳐줄 중, 하급 마법사의 숫자는 부족한 실정이었다.

헬리온 백작은 잠시 고민에 빠졌다. 케인의 말대로 아래층이 두터워야 위층이 더욱 견고해지는 법이다. 하급 마법사들을 충원한다면 6서클에 이른 콜린과 케인이 더욱 큰 힘을 발휘할 수 있을 터였다. 그러나 고민하던 백작은 결국 고개를 저었다.

"지금 당장 키워내는 데에 돈과 시간이 많이 드는 기사와 마법사 같은 상위 인력에 투자하기보다는 영지 내 내실을 다지고 영지군을 먼저 충원하고자 한다. 그중에서도 더 많은 수고가 필요한 마법사를 양성하는 것은 지금으로선 무리라고 생각되는구나."

마나를 느끼고 마법사로서 재능을 느끼는 인재를 찾는 것은 힘들었다. 그리고 설령 발견한다 하더라도 그 재능을 살

려 마법사로 키우는 것 또한 무한한 노력을 필요로 하는 일
이었다.

그로 인해 일반적으로 귀족가가 마법 전력을 늘릴 때 택하
는 방법은 일전에 탈론을 영입하듯 마탑 소속의 마법사를 데
려오는 것이었다.

하지만 이 방법은 결코 만만한 방법이 아니었다. 그들을 데
려오는 비용을 마탑에 지불해야 했고, 데려온 마법사들의 연
구비 등 모든 것을 책임져야 하는 것이다.

이러한 이유로 남작가나 자작가 등 재력이 부족한 영지에
서는 마법사를 찾아보기 힘들었다.

백작의 말대로 지금 헬리온 백작가는 돈 잡아먹는 귀신으
로도 불리는 마법사를 양성할 만한 여유가 없었다.

"돈이나 인재의 걱정 때문이라면 걱정하실 필요 없습니
다."

케인은 반대를 표하는 백작에게 자신이 생각하는 방법을
설명하기 시작했다.

케인은 돈 잡아먹는 마법사를 마탑에서 모셔올 생각이 없
었다. 오히려 있는 마법사들조차 쫓아내고자 했다. 서로간의
신뢰가 바탕이 되어야 자신과 콜린이 발견한 마법 이론을 전
수해 줄 수 있을 터였다.

"백작령 내에서 마법을 배울 만한 인재를 찾아보겠습니다.

이번 후작가와의 영지전에서 끝까지 함께한 병사들 중에서라면 더욱 믿을 만할 겁니다."

케인은 월콧 성에서 자신에게 수프를 건넸던 랜튼을 떠올렸다. 그와 같은 소년들이 많다면 자신의 계획에 큰 도움이 될 것이다.

"몇 명이나 찾아낼 수 있을지 모르겠지만, 3년간의 교육과 훈련 동안 마법사가 아닌 특수병과와 같은 병력으로 대우한다면 금전적인 문제도 크게 부담되지는 않으실 겁니다."

케인의 말대로라면 분명 영지 재정에는 부담이 되지 않을 터였다.

헬리온 백작은 케인의 시도가 밑져야 본전이라는 생각에 특수 마법병단의 창설을 허가했다. 그러나 케인의 추가적인 요구에 잠시 고민에 빠졌다.

"그리고 영지 내 마법사 관리에 대한 권한을 콜린 자작에게 위임해 주십시오. 그들을 시험해 보고 그들 또한 새로 모집할 특수병과와 같이 훈련시키고 싶습니다."

"그건 지금의 수석마법사인 탈론과 상의를 해봐야겠구나."

하루 뒤 케인은 헬리온 백작으로부터 마법사들의 동원에 대해서는 불가하다는 통보를 받았다.

기존부터 콜린에게 자격지심을 갖고 있던 탈론은 콜린의 밑으로 들어가는 것을 인정할 수 없었다. 게다가 특수병과와 같은 훈련이라니? 자신은 훈련병이 아니라 마법사였다.

기존의 마법사들 또한 콜린과 케인으로부터 가르침을 받고 싶은 마음은 있었지만, 특수병과에 속하게 되면 더 이상 마법사가 아닌 병사로 분류한다는 말에 욕심을 버렸다.

더 좋은 대우를 받고자 마법 실력을 키우려는 것이지, 병사가 되어 마법 실력이 높아진다면 그게 무슨 소용이 있겠냐는 생각이었다.

기존 마법사들의 거부에 헬리온 백작은 고개를 끄덕였다.

자신이 생각해도 케인의 특수마법병과가 얼마나 효과적일진 모르겠지만, 이미 제 역할을 하는 마법사들의 전력을 투자하기에는 부담스러웠던 것이다.

"기존의 마법사들은 마법병단이라는 새로운 병과에 속해지는 것을 반기지 않더구나."

"원하지 않는 자가 많을 거라고는 예상은 했지만 설마 모두가 거부할 줄은 몰랐습니다."

귀한 마법사 전력을 병사로 함부로 굴리기를 꺼렸던 헬리온 백작의 입김과 아이센 마탑 출신인 콜린을 싫어하는 현 수석마법사 탈론의 영향력 때문임을 알지 못했던 케인은 마법

병단에 참여하는 마법사가 한 명도 없다는 사실에 아쉬움을
감추지 못했다.

결국 케인은 자체적으로 인원을 선발해 교육하는 것만을
허락받았다.

CHAPTER
07

태동하는 마법병단

헬리온 백작령의 한 마을에 희미한 푸른빛을 띠는 나비가 하늘하늘 날아다니고 있었다. 일반 나비와는 다른 신비한 나비의 모습에도 불구하고 마을 주민들은 신경조차 쓰지 않은 채 자신들의 일에 열중했다.

아니, 신경 쓰지 않은 것이 아니라 신경 쓰지 못했다. 그들의 눈에는 보이지 않았으니 말이다.

"후우! 이번 마을에도 없는 건가?"

누구든 쳐다본다면 신비함에 눈을 떼지 못할 나비가 돌아다님에도 눈치채는 사람이 없다는 사실에 일반인과 같이 변장한 채 돌아다니던 케인이 실망의 한숨을 내쉬었다.

희미한 푸른빛 나비의 정체는 마나 덩어리였다. 케인이 마법병단의 인재를 찾기 위해 생각해 낸 방법이 바로 마나로 이루어진 나비를 이용하는 것이었다.

마탑 등에서는 마법에 재능이 있는지 없는지 알아보기 위해 기타 중소 영지에서 하급 마법사가 재능이 있어 보인다고 추천한 인재를 고위마법사가 일일이 체질을 확인해 본 후에야 재능의 여부를 확인할 수 있었다.

하지만 그 방법으로는 케인과 콜린 단둘이 마법병단의 인재를 찾는 데만 한세월이 걸릴 것이다. 게다가 영지민들의 몸을 모두 일일이 살펴볼 수도 없는 노릇이었다.

그래서 생각해 낸 방법이 마나의 밀집이었다. 제아무리 마나에 대한 친화력이 높아도 대기 중의 마나를 눈으로 볼 순 없었다. 그러나 오러와 같이 밀집되어 있는 마나라면 재능이 뛰어난 자들은 눈으로도 마나를 볼 수 있을 거라 판단한 것이다.

그리고 그 결과로 콜린의 저택에는 이미 일곱 명의 남자와 한 명의 여자가 영문도 모른 채 감금(?)되어 있었다. 마나의 밀집체인 푸른빛의 나비를 보고 반응했던 사람들이다.

"두 마을에서 한 명도 찾지 못하다니, 역시 마법사의 재능을 지닌 이를 찾는 것 하늘의 별 따기로군."

케인의 말처럼 하늘의 별 따기만큼 불가능한 일은 아니었지만 분명 쉽지 않은 일이었다. 백작령을 다 돌아도 자신이 원하는 만큼의 수를 찾지 못할 수도 있었다.

두 개의 마을에서 연속해서 허탕을 친 케인이 어두워지는 하늘을 보며 오늘의 마지막 마을로 향했다.

"이 마을이 그 소년이 사는 마을인가?"

케인은 이 마을에 누군가 아는 사람이 있는지 확신에 찬 발걸음으로 마을을 돌아다니기 시작했다.

"이런, 벌써 어두워졌군. 이 마을에서 하룻밤 묵어야 할 듯한데……."

서둘러 마을을 돌았음에도 이미 어둠이 내려앉아 있었다. 돌아가기에는 늦은 것이다. 마을 이곳저곳을 둘러보다가 어느새 외곽가지 오게 된 케인은 희미하게 새어 나오는 통나무집을 발견하고는 발걸음을 옮겼다.

"계십니까?"

통나무집에 도착한 케인이 문을 두드렸다.

"무슨 일이시오?"

문을 열고 나온 사내가 케인의 얼굴을 힐끔 보며 물었다.

'응? 이자는?'

눈앞의 사내를 보고 이상함을 느낀 케인은 잠시 멈칫했다가 빠르게 표정을 숨기며 자신의 상황을 설명했다.

"백작성에 사는 케린이라 합니다. 시간이 늦어 돌아가지 못해서 그러는데 빈 방이 있다면 하루만 재워주시지 않겠습니까?"

"어? 공자님?!"

낯선 청년이 다짜고짜 재워 달라고 하자 고민하던 사내가 거절의 의사를 표현하려 할 때, 사내의 뒤에서 케인을 알아본 소년이 소리쳤다.

"그때 그 병사로구나?"

이 마을에 들어와서 계속해서 찾던 소년이다.

케인은 눈앞의 소년이 윌콧 성에서 자신에게 수프를 건넸던 소년 병사 랜튼이라는 것을 알아보고 기뻐했다.

이미 마나를 가지고 있는 랜튼이었다. 굳이 확인하지 않아도 마나를 느낄 터였다.

그리고 문을 열고 나온 사내는 제코였다. 케인이 제코를 봤을 때 느꼈던 이상함의 정체는 바로 제코의 몸에 깃든 익스퍼트급의 마나였다.

제코의 존재를 확인하고 나니 랜튼이 미세하게나마 마나를 지닐 수 있었던 이유를 알 것 같았다. 이 정도 경지의 사내와 함께 있었으니 재능만 있다면 마나를 쌓는 것쯤은 얼마든지 가능했을 것이다.

제코는 랜튼이 부모 없이 여동생 한 명을 데리고 살고, 돈을 벌기 위해 영지군에 지원했다는 얘기를 들었다. 그리고 고던 성 전투가 끝난 후 제코는 랜튼에게 함께 생활할 것을 제안했던 것이다.

비록 곧바로 영지전이 발발하여 또다시 전쟁터로 나가게 된 두 사람이었지만, 숨겨진 실력이 있는 제코 덕분에 무사히 살아 돌아올 수 있었던 랜튼이다.

"그럼 저 아이가 네 여동생이겠군?"

"아, 네, 네."

케인이 옆의 침대에서 곤히 누워 자고 있는 어린 소녀를 가리키며 묻자 그에 말을 더듬으며 대답하는 랜튼이었다.

"이미 내 정체를 알았으니 말을 편하게 하겠다. 자네는 왜 여기에 있는가?"

케인이 묻는 것이 자신의 위치 때문이 아님을 아는 제코는 망설이며 말했다.

"저는 기사였습니다만… 지금은 헬리온 백작령의 영지민 중 한 명일 뿐입니다. 더 자세한 얘기는 묻지 않아주시면 안 되겠습니까?"

사연이 있는 듯한 제코의 말에 케인은 고개를 끄덕였다. 무슨 일 때문인지는 몰라도 현재는 완벽한 헬리온 백작령의 사람이다.

"알겠네. 그건 더 이상 묻지 않도록 하지. 그보다 실은 내가 이곳에 온 이유가 따로 있는데……."

케인은 말끝을 흐리며 랜튼을 바라봤다.

영지전을 겪고 함께 산 지 얼마 되지 않은 제코와 랜튼을 갈라놓기가 미안했기에 케인은 랜튼의 의견을 존중하기로 했다.

그러나 왠지 모르게 자꾸만 눈치를 주는 제코였고, 랜튼 역시 자꾸만 제코의 눈치를 보고 있었다.

이상한 낌새를 눈치챈 케인이 제코를 바라봤다.

"그동안 재능이 있는 자들은 반강제적으로 데려갔습니다. 물론 그들에게도 마법을 배워 특수병단에 속할 것인지 스스로의 결정에 맡길 것입니다만, 랜튼을 당장 데려가지 않고 이 자리에서 묻는 것은 그대와 랜튼을 배려한 것입니다. 랜튼이 판단하도록 내버려 두시지요."

케인은 랜튼이 제코의 눈치를 보느라 결정을 내리지 못한다고 생각하고 말했다.

"전쟁 영웅이신 케인 공자님께서야… 이미 알고 계시겠지만 랜튼은 저에게서 검술을 배우고 있습니다. 아주 미량이지만 이미 마나 홀에 마나까지 쌓은 상태죠. 그런 아이를 마법사로 키우시겠단 말씀이십니까?"

마나 홀에 마나를 쌓은 자에게 마법을 가리키겠다니, 기본적인 상식에도 부합하지 않는 케인의 말에 제코가 반박했다.

"마나를 쌓았기에 더더욱 데려가고자 하는 겁니다. 혹시 단순히 같이 사는 것이 아닌 제자로서 랜튼을 키우시는 것입니까?"

랜튼이 마나를 가지고 있지만, 그 양이 아주 적다는 것을 파악하고는 제자가 아닐 거라 확신하며 물은 것이다.

"그것은 아닙니다만……."

"저 또한 소드 유저로서 마나를 쌓았던 몸입니다. 피해가 가지 않도록 할 테니 랜튼이 스스로 판단할 수 있도록 기다려 주시지 않겠습니까?"

케인과 제코의 신경전을 느낀 랜튼이 서둘러 케인에게 물었다.

"제가 가면 제 동생은 어떻게 되나요?"

"참여하기로 결정한다면 매달 20실버의 급여를 지불할 거다. 그리고 원한다면 네 동생은 콜린 자작의 저택에서 지내게 해주마."

"예, 할게요! 마법사가 될게요!"

잠시 고민하던 랜튼이 힘차게 말했다. 제코와 함께 사는 것도 좋지만 언제까지 제코의 도움을 받으며 살 수는 없었다. 독립하고도 얼마든지 친분을 유지하며 지낼 수 있을 것이다.

케인과 콜린이 한 달여 동안 백작령을 돌아다닌 이후 콜린의 저택에는 새로운 얼굴이 여럿 보였다. 그중에는 소년 병사 랜튼도 포함되어 있었다.

새로운 얼굴의 주인들이 모여 서 있는 모습을 둘러보던 케인이 랜튼을 발견했다.

'저놈 때문에 괜한 짐까지 딸려 왔군.'

랜튼이 걱정된다며 따라온 제코 덕분에 예상치 못한 익스퍼트급 짐(?)까지 얻게 된 케인이었다.

소드 익스퍼트 상급에 해당하는 제코였다. 상당한 실력자임은 분명하지만, 앞으로 있을 마법병단의 훈련에 도움이 될지는 미지수였다.

그리고 랜튼과는 다른 특이한 케이스가 한 명 더 있었다.

'내가… 케인 공자님에게 교육을 받으며 병사가 된다고?'

병단을 구성할 사람들을 찾기 위해 돌아본 곳은 영지민들이 생활하는 마을이 전부가 아니었다.

케인은 백작성 내부에서, 그곳에서도 자신을 담당하던 전속 하녀 세린이 마나를 느끼는 재능이 있다는 사실을 발견한 것이다.

*　　　*　　　*

케인은 자신과 콜린이 선별해 온 인원 서른네 명이 모두 모였음을 확인하고는 그들의 앞에 섰다.

"헬리온 백작가의 일공자 케인입니다."

모두의 시선이 집중되었을 때 케인의 입에서 나온 말에 연무장의 사람들은 웅성거렸다.

"백작님의 아들?"

"엄청난 마법사라는 그 사람이란 말이야?"

"특수병사를 뽑는다더니 이게 무슨 일이래?"

랜튼과 같이 특별한 경우를 제외하고는 대부분 자신들이 이곳에 모인 정확한 이유를 몰랐다. 갑작스레 헬리온 백작의 명이라 하여 끌려오다시피 한 자들이 대부분이었다.

"그대들이 이곳에 모인 이유는 하나, 바로 재능이 있기 때문입니다. 다만 그 재능이 꽃을 피우느냐 아니냐는 그대들의 노력에 달렸습니다. 저는 당신들의 재능을 살려 백작가에 도움이 되도록 특수한 병과를 만들 생각입니다."

케인의 말에 사람들은 더욱 수군거렸다. 자신들이 뽑혀온 이유가 재능이라니, 평생을 백작령에서 평범한 영지민으로 살던 이들이 거의 대부분이다. 자신에게 특별한 재능이 있다는 말을 쉽게 받아들이는 자는 없었다.

이어지는 케인의 진지한 설명과 권유에 사람들은 조금씩

케인의 말이 진실임을 깨닫고 하나둘씩 고민하며 상의하기 시작했다.

케인은 자신이 설립할 병단에 대해 설명하며 조건을 덧붙였다.

첫째, 교육을 받는 동안 해당 교육병의 가정에 매달 20실버씩 지급한다. 그 후에는 연구비용을 제외한 마법사의 급여와 같게 지급한다.

둘째, 1년의 교육 기간 후 특수병과에 속하지 않기를 바라는 자는 그대로 떠나도 좋다. 단, 남아 있기로 결정한 자는 퇴역까지 해당 병과에서 복무해야 한다.

셋째, 교육을 받으면서 서클을 생성하고 마법사가 되면 자신과의 두 번째 약속과 교육에 대한 내용을 발설하지 않을 것을 마나로 맹세한다.

케인은 조건을 제시하고는 사람들에게 일주일의 시간을 주었다. 백작가의 권위로서 강제로 참여시킬 수도 있었지만, 케인과 콜린은 믿을 수 있는 자들과 함께하기를 원했다.

자신들이 가르칠 내용은 그동안의 연구 성과였다. 아직은 자신들의 특별한 능력이 공개되지 않았지만, 앞으로 사람들이 알게 된다면 대륙의 모든 이들이 불을 켜고 달려들 성과였다.

때문에 케인과 콜린이 발견한 특별한 연구 결과에 대해서는 병사들이 자신의 의지로 떠나지 않고 남게 된 1년 이후부터 본격적으로 가르칠 생각에 두 번째 조건을 정한 것이다.

그리고 자신들의 모든 것을 의심없이 받아들일 병사들이 필요했기에 강제적이지 않은 방법으로 희망자를 받길 원한 케인과 콜린이었다.

그로 인해 마을을 돌면서 영지전과 고던 성 전투에서도 끝까지 함께했던 병사 출신들을 특히나 유심히 살펴본 것이다. 그러고도 더 큰 믿음을 위해 세 번째 조건으로 마나의 맹세를 덧붙였다.

물론 서클도 만들지 못해 마나의 맹세를 할 수조차 없거나 혹은 거의 기초 단계나 다름없는 1년의 교육만을 받고 떠나가게 되어 케인과 콜린의 연구 결과를 배우지 못한다면 특별히 믿음을 배신할 만한 것도 없을 것이지만 말이다.

"얼마나 남을 거라 예상하십니까?"

사람들에게 일주일의 시간을 준 케인을 보며 콜린이 조심스레 물었다. 애써 재능있는 자들을 힘들게 찾았더니 모두 거부하고 떠나 버리면 큰 문제였다.

더는 근방에서 재능있는 자를 찾기 어려웠다. 남은 자들은 나이가 너무 많거나 혹은 너무 어린아이들뿐이었다.

"아마 남자들은 대부분 받아들일 것 같습니다."

사실 그들이 케인의 권유를 거부할 이유는 거의 없었다.

서른네 명 중 스물여덟 명이 영지전에 징병으로나마 참여했던 병사 출신의 사내들이 대부분이고, 여섯 명이 여자다.

여자들이야 병사로 복무한다는 사실이 부담스러울 수 있었지만, 남자들의 경우 한 달 가정의 생활비가 10실버가 채 되지 않는다는 사실을 볼 때 매달 20실버나 되는 돈을 벌 수 있는 직업을 마다할 리 없었다.

게다가 교육을 마치고 정식으로 특수병과에 속하게 된다면 마법사의 대우에 해당하는 급여를 받을 수 있다고 하니 죽는 일이 아니라면 거부할 이유가 없었다.

일주일이 지나고 다시 모인 사람들의 대부분은 같은 눈빛을 하고 있었다.

'기대감.'

케인은 자신을 바라보며 눈을 빛내고 있는 사람들을 보고는 그들이 자신에게, 특수병과에 대해 기대하고 있다는 사실을 눈치챘다.

'성공적이군.'

이 정도 반응이라면 상당한 숫자가 제안을 받아들일 것 같았다.

"할게요! 특수병단이 될게요!"

"저도요! 저도 할게요!"

"저도 하겠습니다!"

세린과 랜튼이 용기 내어 먼저 소리치자 사람들은 너도나도 하겠다며 손을 들기 시작했다.

예상보다 높은 지원자 숫자에 놀라는 케인과 콜린이었다.

특수병단에 속하기를 희망하는 사람의 수를 스무 명 정도로 예상했던 케인은 손을 들고 있는 사람이 정확히 서른 명이라는 것에 놀랐다.

'그만큼 영지 사정이 안 좋다는 것일 수도 있겠지.'

살기 좋다면 굳이 하던 일을 그만두고 특수병단에 속하기를 희망할 리 없었다.

"그쪽 네 분은 희망하지 않는 것이겠군요."

케인은 가장 뒤에서 우물쭈물 입을 열지 못하고 망설이는 사람들을 보며 말했다. 남자 하나에 여자 셋. 아마도 병사라는 직업에 겁을 먹었으리라.

마음이 심약한 사람은 일찌감치 걸러내는 것이 오히려 나중을 생각해 더 좋을 수도 있다고 생각하는 케인이었다.

*　　*　　*

콜린의 저택에 새로운 식구들이 들어온 지 석 달이 흘렀다.

영지전이 발생한 지는 넉 달도 더 지난 것이다. 헬리온 백작가와 메이른 후작가와의 영지전 결과로 인해 도화선에 불붙듯 내전이 발생하리라 걱정했던 것과는 다르게 너무도 팽팽한 세력 구도 때문인지 알케리온 왕국의 정세는 조용하기만 했다.

그리고 병력의 피해 말고는 큰 피해를 입지 않은 탓에 헬리온 백작가 또한 차근차근 내실을 다지며 힘찬 도약을 준비하고 있었다. 아직은 누구도 예상치 못하고 있지만 헬리온 백작가의 도약, 그 중심에 서게 될 케인과 서른여 명의 예비 마법사가 도약을 위해 몸을 웅크리고 있었다.

증축을 했는지 이전보다 좀 더 넓어진 연무장에는 케인이 계획한 특수마법병단의 교육에 임하는 서른 명의 훈련병이 열심히 달리기를 하고 있었다.

"헉헉! 마법사를… 헉, 만들어준다면서… 헉, 왜 달리기야!"

주어진 바퀴 수를 다 돌자마자 바닥에 주저앉은 테니가 숨을 헐떡이며 말했다. 훈련병 중 서른두 살로 가장 연장자인 테니였다.

20세 이하에서 마나를 느끼는 이들이 대부분인 것을 생각해 보면 서른두 살의 나이에 마나를 느끼고 아직까지 마법사의 자질을 유지해 왔다는 것은 테니가 마나에 대한 자질이 뛰어나다는 것을 방증하는 것이기도 했다.

"그러게요. 그리고 왜 하루에 한 번씩 기사들의 검술을 배우는 건지도 모르겠어요."

마법병단이 된다는 말에 가만히 앉아서 명상만 하고 마법사들의 탑에서처럼 방 안에 콕 박혀 엄청난 마법에 대해 배우거나 연구하는 교육을 생각했던 이들이 오히려 일반 병사보다 더 힘든 체력 훈련에 투덜댔다.

"헥헥! 그래서 그만두시려고요?"

뒤늦게 달리기를 끝낸 한 소녀의 앙칼진 목소리에 테니는 움찔하며 말했다.

"하하, 그만두긴 뭘 그만둔다는 거야. 영지병 생활만 3년이야. 이 정도 훈련은 식은 죽 먹기라고."

훈련 내용이 예상과 다르다는 것뿐이지, 절대 그만둘 생각은 없는 테니였다. 한 달에 20실버나 되는 거금을 버는 일은 결코 많지 않았다. 게다가 아직은 믿음이 가질 않지만 더욱더 강하게 만들어준다고 했으니 그것 또한 기대되는 일이었다.

짝! 짝! 짝!

"석 달 동안의 기초 훈련은 여기서 마칩니다. 앞으로 삼 일간 휴식 후 본격적인 훈련을 시작할 텐데, 휴식 기간 삼 일 동안 열 명씩 나누어서 저와 콜린과 개인 면담을 진행하겠습니다. 그럼 개인 면담 때 보겠습니다."

서른 명 모두 연무장을 다 돈 것을 확인한 케인이 나타나 새로운 통보를 했다.

'본격적인 훈련이라……'

드디어 새로운 무언가를 배운다는 기분을 느끼는 테니였다.

계속된 체력 훈련에 답답했던 것은 테니뿐만이 아니었다. 이곳에 모인 사람들 중 반수 이상이 20세 이하의 소년이다.

영웅의 이야기에 열광하며 자신이 그 주인공이 되기를 바라는 시기의 소년들은 드디어 마법을 배운다는 생각에 더욱 들떴다.

똑똑똑.

"들어오세요."

삼 일간의 휴식 기간 중 첫째 날이다. 가장 처음 케인과의 개인 면담을 받는 사람은 케인의 전속 하녀였던 17세의 소녀 세린이었다.

"저… 여기서 이야기하는 건가요?"

집무실이나 기타 상담 공간을 예상했던 세린은 자신이 들어와 있는 아무것도 없는 밀폐된 공간을 둘러보며 물었다.

"이야기하는 게 아니라 마법을 배울 기초를 만들 거야, 세린."

그동안 자신보다 나이가 많은 사람도 여럿 있어서 사람들에게 항상 존대를 해오던 케인은 익숙한 얼굴의 세린이 보이자 편하게 말을 했다.

세린이 둘러보며 아무것도 없다고 생각했던 이 공간에는 사실 많은 마법진이 새겨져 있었다.

마나를 흩어지게 만드는 마나 디퓨즈 마법을 역으로 풀어서 바깥의 마나를 흡수하는 마법진을 중복해서 그려놨고, 마법진을 가동시키기 위해 하급이지만 마나석도 몇 개 박혀 있었다.

이곳은 마법병단의 마나 연공을 위한 목적으로 만들어진 연공실이었다.

세린을 연공실 중앙에 앉힌 후 케인은 그동안 기본적으로 설명했던 마나와 마법, 그리고 서클에 관해, 지금 자신이 해주려는 일이 무엇인지에 대해 설명하기 시작했다.

"시작한다."

끄덕끄덕.

세린이 준비됐다는 신호를 보내자 케인의 손에 연공실 내의 마나가 세린과 케인을 중심으로 휘몰아치기 시작했다.

케인이 적당한 설명 후 곧바로 세린의 서클 생성을 도왔던 것과는 다르게 삼 일차 마지막까지 남겨진 랜턴과 또 다른 두 명의 소년은 이전의 사람들과는 다른 이야기를 듣고 있었다.

"…이 때문에 너희는 다른 사람들과 같이 곧바로 마나 서클을 만들지 못해. 대신 너희는 새로운 마나 연공법과 다른 훈련을 위주로 할 거야."

마지막까지 남겨진 세 소년의 공통점은 바로 마나 홀의 존재였다. 제대로 된 소드 유저의 단계에 든 것은 아니지만 과거 마법을 배우기 전인 케인과 같이 마나 홀을 지니고 있었다.

케인 자신이야 운이 좋아 마나 폭주를 겪고도 살아남았지만, 이들도 그러리란 보장은 없었다. 그렇기에 마나 서클을 만들지 않고 케인 자신의 두 개의 마나 홀을 통해 만들어낸 마나 연공법, 단전과 심장 두 곳을 이용한 마나 연공을 훈련시켰다. 그들을 마법사로 만드는 것은 그 이후의 일이었다.

"어서 대마법사가 되어서 우리 영지를 탐낸 메이른 후작군을 물리쳐 주겠어! 파이어볼!!"

"으이구, 멍청아! 파이어볼이 뉘 집 개 이름이냐!"

고작 석 달이 조금 넘은 훈련이었지만 과연 6서클에 이른 두 명의 스승과 뛰어난 재능을 가진 제자들이었기 때문인지 서른 명 중 대부분이 하나에 불과하지만 마나 서클을 만들게 되었다.

자신들의 가슴에서 마나의 고리를 느끼며 들뜬 훈련병들은 서로에게 장난을 치며 기분 좋게 웃고 있었다.

"쉿, 쉿."

테니가 케인이 걸어오는 모습을 보고는 주위 사람들을 조용히 시켰다. 가장 연장자로 알게 모르게 훈련병 중 높은 영향력을 발휘하고 있는 것이다.

"모두 마나를 사용할 수 있는 단계에 있으니 이제 본격적으로 훈련에 들어갑니다."

비록 세 명의 소년이 마나 서클을 만들지 못했지만, 마나홀을 이용해 마나를 사용할 수 있었다.

"에이, 이래서 마법은 언제 배워?"

본격적인 훈련을 기대하던 사람들은 이어지는 케인의 설명에 실망감을 감추지 못했다. 케인이 우선하는 훈련은 마나를 이용한 달리기, 마나를 이용한 움직임, 그리고 마나를 다루는 의지를 키우는 훈련이었다.

당장 멋진 마법을 사용하고자 하는 이들에게 계속된 기초 훈련은 고역이었다. 그러나 기초적인 마나를 다루지 못하면 강해질 수 없다는 말에 다시 열심히 훈련에 임했다.

그들은 마나를 이용한 기초 훈련 또한 쉽지 않다는 것을 깨닫고는 마법병단으로 가는 길이 새삼 험난하게 느껴졌다.

마나를 이용한 달리기와 움직임은 1서클의 리프 마법을 이용한 훈련이었다. 물론 훈련병들은 자신들이 마법을 사용한다고 생각지도 못하고 있었지만 말이다.

후작가와의 마지막 싸움에서 보여준 콜린과 케인의 움직임 비법은 기사들이 검술을 사용할 때 사용하는 보법에 1서클 기본 마법인 리프(Leap:발바닥 밑의 외부 마나를 폭발시키거나 시전자의 마력을 발바닥 끝에서 폭발시켜 반동을 이용하여 도약하는 마법)를 개량, 융합하여 새로운 움직임을 만들어낸 것이다. 케인과 콜린은 이러한 움직임을 매직스텝이라 불렀다.

물론 이러한 움직임을 완성시키기까지에는 세밀한 마나의 조절과 폭발 반동을 보법에 융화시키는 데 엄청난 노력이 필요했다.

그리고 이들에게는 뛰고 움직이는 훈련 말고도, 일반 마법사들이 배우고 수련하는 것과는 다른 또 다른 훈련이 기다리고 있었다.

*　　　*　　　*

서른 명의 훈련병은 그들이 마나 서클을 만들었던 연공실에 모두 함께 들어가 있었다.

그들을 들여보내며 콜린이 해준 말은 단 하나, '얼어 죽고 싶지 않으면 불을 피워낼 의지를 가져라'였다. 그렇게 서른 명을 가둬놓고 연공실 밖에서 콜린은 연공실 벽에 대고 아이스 마법을 시전했다.

"으으, 춥다."

"우리더러 알아서 불을 피우라니, 맨손으로 아무것도 없는데 무슨 수로 불을 피우라는 거야?"

아직까지 마법은커녕 마나 배열과 수식 계산 등도 제대로 배우지 못한 이들이었다. 서클만 만들어진 반쪽짜리 마법사가 파이어 마법을 펼칠 수 있을 리 없었다.

점점 더 추워지며 어느샌가 벽에 서리가 맺히는 것을 확인한 테니가 소리치기 시작했다.

"당장 문 열어!! 우리를 죽일 셈이야?!"

"문 열어주세요! 이러다 정말 얼어 죽겠어요!!"

테니가 일어서자 계속 더해가는 추위에 불안에 떨던 나머지 사람들도 따라 일어서며 크게 소리치기 시작했다.

"다들 진정해 봐요! 아무 이유 없이 이런 일을 할 리가 없잖아요!!"

세린의 외침에 잠시 고요해진 연공실 내부였다. 그 틈을 타 랜튼이 입을 열었다.

"분명 우리에게 훈련에 대해 처음 말할 때 마나를 이용한 움직임 이후에 마나를 다루는 의지를 배워야 한다고 했어요. 콜린 자작님도 불을 피워낼 의지를 가지라고 했구요. 이것도 훈련의 일환이라구요."

랜튼의 말에 일리가 있음을 깨달은 사람들은 저마다 어떻게 하면 불을 피울 수 있을지 고민하기 시작했다.

연공실 내부의 사람들 목소리가 잦아들고 고민에 빠졌음을 안 콜린은 아이스 마법을 중단했다. 이 정도 추위면 그들의 의지를 충분히 자극할 수 있을 터였다.

추위 속에 밀어 넣고 강제로 불에 대한 의지를 갖게 하는 훈련은 사실 콜린 스스로가 직접 겪고 효과를 본 훈련이었다. 케인이 강한 믿음과 의지를 통해 속성력을 얻었다는 얘기를 듣고 콜린은 곧바로 자신을 대상으로 실험하기 시작했었다.

얼어붙은 공간에서 마법을 사용하지 않았다. 추워서 바들바들 떨면서도 의지만으로 불이 솟아오르길 바라고 있었다.

몇 번씩이나 반복하고도 불은커녕 따뜻함조차도 느껴지지 않는 답답함에 '이게 아닌가?' 하는 의문이 들어 포기하려 할 때 케인의 한마디가 비수가 되어 날아왔다.

"지금과 같이 의문을 가지고 포기하려 하신다는 것 자체가 그동안의 노력에 믿음이 부족했다는 증거가 아닙니까?"

케인의 말을 듣고 콜린은 그동안 자신이 불을 만들고자 하는 의지는 가득했지만, 정작 그것이 가능한지에 대해서는 확고한 믿음이 없었다는 사실을 깨달았다.

"저들도 나와 케인 공자님을 믿는다면……."

콜린은 연공실 내부에서 몸을 바들바들 떨고 있는 사람들이 과연 자신과 같은 힘을 얻을 수 있을지, 속성력에 대한 자신들의 발견이 진실된 것인지에 대해 기대를 하며 지켜보았다.

테니는 어리게만 보았던 소년이 상황을 파악하고 자신들을 일깨우며 새로운 모습을 보이자 소년의 말에 따라 고민하기 시작했다.

케인과 콜린, 화염의 마도사라 불리는 이가 두 명이다. 테니는 곧 그들의 호칭에 따라다니는 화염과 자신들에게 요구하는 불의 의지가 같은 힘이라는 것을 깨달았다.

'하지만 어떻게 하라고?'

그들이 괜히 얼어붙어 가는 공간에 자신들을 넣었을 리 없지만, 아직은 당장 어찌해야 할 바를 몰랐다. 테니가 자신이 무엇을 해야 하는지 고민하고 있던 바로 그때,

화르륵!

어디선가 열기가 전해지며 불빛이 퍼지기 시작했다.

자신들에게 소리쳤던 소년 랜튼의 손 위에 작지만 뜨거운 불꽃이 피어올라 있는 것이다.

랜튼이 불꽃을 피워 올리자 전염이라도 된 듯 곳곳에서 불꽃이 생겨났다. 세린 또한 자신의 손바닥 위의 작은 불꽃을 보며 활짝 웃었다.

그날 불꽃을 피워 올리는 데 성공한 사람은 서른 명 중 고작 일곱 명에 불과했다.

그러나 일주일 뒤 얼어붙은 방에 서른 명의 손 위에는 모두 자그마한 불꽃이 피어올라 있었다.

CHAPTER
08

헬리온 기사단과의 대련

후작가와의 영지전이 끝난 지도 2년 지났다.

추위 속에서 내보내 달라 외치던 마법병단 병사들이었지만 1년이 지난 시점에서 떠나가는 것을 선택한 병사는 아무도 없었다. 하루하루 달라지는 스스로의 모습을 보며 훈련의 매력에 빠져가는 것이 가장 큰 이유였다. 물론 낮지 않은 보수 또한 이들을 잡아두는 데에 한몫을 거들었다.

챙! 화르륵 펑!

불꽃이 폭발하는 소리와 함께 무언가 깨지는 소리가 함께 울려 퍼졌다. 처음 연무장 가운데로 걸어갔던 케인과 랜튼의 손에는 아무것도 들려 있지 않았다. 그렇다고 주변에 무언가 깨질 만한 물건이 있는 것도 아니었다.

랜튼은 자신이 쏘아 보낸 불꽃과 얼음의 창이 케인의 실드에 부딪치며 폭발하고 깨지는 모습을 보고 곧바로 3서클 파이어볼을 준비하기 시작했다.

"파이어볼!"

화르륵!!

랜튼의 마나와 대기 중의 마나가 공명을 일으키며 이전보다 더욱 뜨거운 열기를 내뿜는 화염의 구가 피어올랐다.

케인이 윈스턴과의 대결에서 깨달았던 전투 방법. 속도와 연계가 빠른 속성력으로 자신의 시간을 번 뒤 강한 마법으로 마무리 짓는 속성 마법사 특유의 공격 패턴이 랜튼의 손에서 발휘되고 있는 것이다.

"윽! 어느새⋯⋯!"

그러나 화염을 쏘아 보내려 케인의 위치를 파악하려 했을 때에는, 이미 자신의 목에서 느껴지는 서늘한 한기를 느끼고 있는 랜튼이었다.

"져, 졌습니다."

랜튼이 두 손을 들었며 패배를 인정했다.

"다음!"

뒤돌아 내려가는 랜튼의 옆으로 테니가 올라오며 축 져진 랜튼의 어깨를 두드려 주었다.

케인과 콜린은 어느새 대부분이 2서클에 오르고 몇몇은 벌써 3서클에 오른 마법병단의 병사들과 하루에 한 번씩 대련하는 시간을 가졌다.

남은 시간에는 같은 마법이라도 다른·위력을 내는 마나 배열 방법과 중복에 대해 교육하며 하루하루를 보내고 있었다.

소가주로서 업무에 시달리면서도 영지전에서의 실전 경험과 끊임없는 노력으로 소드 익스퍼트 초급의 실력을 쌓은 샤온은 오랜만의 여유에 케인을 보러 콜린의 저택에 왔다.

"헉!"

샤온은 연무장에서 케인과 돌아가며 대련을 펼치는 자들이 2년 전 마법은커녕 마나도 제대로 쌓지 못했던 자들임을 알기에 경악을 금치 못했다.

게다가…….

"콜린 자작님, 저건 속성력 아닙니까?!"

캐스팅도 없이 랜튼이 쏘아 보낸 불꽃과 얼음의 창을 보고는 의아함을 느낀 샤온이 경악하며 자신에게 다가오는 콜린에게 물었다.

속성력은 선택받은 자만이 지닐 수 있었다. 케인과 콜린이 속성 마법사라는 사실을 아는 샤온은 이미 충분히 놀랐지만, 눈앞의 병사가 불꽃과 얼음의 두 가지 속성을 모두 가지고 있는 모습을 보고는 자신의 눈을 의심했다.

대륙 어디에도 두 가지 속성력을 지닌 사람이 있다는 얘기를 들어본 적이 없었다.

"그동안의 연구 성과입니다. 속성력은… 선택되어진 자들의 것이 아니라 강하게 염원하는 자들의 것이었습니다."

샤온은 콜린의 알쏭달쏭한 말에 대련이 끝나고 해산하는 케인을 향해 달려가 설명을 요구했다.

케인은 애초에 태성의 기억을 통해 백지 상태에서 언령 마법을 기초로 마법을 시작했기에 속성 하나하나에 의지를 담지 않고 마나 자체를 의지로 다루면서 시작했다.

그로 인해 화염을 비롯해 뇌전 등 모든 속성력을 자유로이 사용할 수 있었다.

그에 반해 콜린과 마법병단의 병사들은 얼음의 방에 들어가 반강제적으로 믿음과 의지를 갖게 하는 방법으로 화염의 속성력을 얻은 것이다.

그리고 추위 속에서 화염을 얻을 수 있던 것처럼 화염 속에서 얼음의 속성을 가질 수 있을 것이라는 콜린의 믿음에 결국 마법병단은 두 가지 속성을 지니게 되었지만, 모두 한 번씩

불에 데어 화상을 입는 유쾌하지 못한 추억까지 생기게 되었다.

· 탁!

"형! 도대체 어떻게 한 거야?!"

대련을 마치고 돌아가는 케인의 어깨를 잡아 세우며 샤온이 케인에게 물었다.

"샤온, 갑자기 와서 그게 무슨 소리야?"

"저 사람들, 마법병단 말이야. 어떻게 이 짧은 시간에……."

샤온은 마법사가 이렇게 빠르게 성장할 수 있다는 얘기는 들어본 적이 없다.

"아, 이거야 뛰어난 재능과 피나는 노력, 그리고……."

"그리고?"

꿀꺽.

샤온이 궁금함을 참지 못하고 침을 삼켰다.

"뛰어난 스승이 있으면 되는 거지."

케인의 입가에 웃음이 걸려 있는 것을 확인한 샤온은 그제야 케인이 자신을 놀렸다는 것을 알아챘다.

"쳇, 됐다. 콜린 자작님도 그렇고 무슨 비밀이라고 꽁꽁 감추다니."

실망한 샤온이 몸을 돌리며 나가려 하자 케인이 불렀다.

"잠깐. 샤온, 같이 나가자. 아버님을 만나 뵈려 했거든."

"또 무슨 꿍꿍이길래 아버님을 만나려는 거야?"

헬리온 백작과 만날 때마다 엉뚱한 부탁을 하며 일을 저지르는 케인을 보며 샤온이 고개를 저었다.

똑똑똑.

"아버님, 저 케인입니다."

"오, 어서 들어오거라."

오랜만에 얼굴을 보는 헬리온 백작이 케인을 반겼다.

가문의 대소사를 돌보며 매일 마주치는 샤온과 다르게 새로운 마법사들을 만든다고 불철주야 애쓰는 케인이었기에 자주 얼굴을 볼 수 없었다.

"저… 아버님."

반가운 마음도 잠시, 혹시나 했던 것이 역시나였다. 케인의 표정을 보니 또다시 엉뚱한 부탁을 해오려는 것이다.

마법을 배우겠다, 후계자 자리를 포기하겠다, 마법병단을 만들겠다 등등 여러 가지 엉뚱한 일들을 벌려온 케인이었다. 그런 케인이 이번에도 엉뚱한 것을 부탁하려는 듯하자 헬리온 백작이 애써 헛기침을 하며 말했다.

"크흠, 또 무슨 일이냐?"

자신을 보고 반갑게 맞이하던 헬리온 백작이 갑자기 표정을 관리하며 무게를 잡았다. 자신이 온 이유를 예상했기 때문일 것이다.

이런저런 이야기를 나누며 돌려 말하려 했던 케인이 백작의 반응을 보고는 곧바로 용건을 꺼내들었다.

"마법병단 훈련에 대해 허락받을 일이 있습니다."

"그 문제는 이미 너에게 모든 권한을 주지 않았느냐?"

애초에 만들 때부터 케인의 관리에 놓여 있던 마법병단이고, 자신은 아무런 제재를 한 적이 없다. 그런데 새삼스럽게 허락을 받겠다니, 헬리온 백작은 반문할 수밖에 없었다.

"훈련 장소가 필요합니다. 그런데 그 장소를 이용하려면 아버님의 허락이 있어야 합니다."

쾅!

"절대 안 된다!"

훈련 장소에 대한 케인의 설명에 헬리온 백작은 크게 화를 냈다.

"30명 전원이 2서클 이상의 마법사입니다. 게다가 몇몇은 벌써 3서클에 도달했구요. 그들의 전투 능력은 동 서클의 마법사와 비교할 수 없는 수준입니다."

헬리온 백작의 마음을 돌리고자 꾸준히 설득하는 케인이

었다.

"아무리 잘 싸운다 하더라도 몬스터랜드라니! 수천이 넘는 몬스터와 마물이 우글거리는 곳이다! 그곳에 서른 명을 데리고 들어가겠다니, 이건 절대 허락할 수 없다! 나가 보아라!"

축객령에 밖으로 쫓겨난 케인은 고민하기 시작했다.

'이제 얼마 안 있으면 대부분 3서클까지는 무난히 오를 텐데…….'

6서클에 이른 자신과 콜린의 교육, 그리고 마나 밀집 마법진 덕분에 빠른 성장을 보이고 있는 마법병단이다.

게다가 케인과 콜린조차 아직 알지 못하는 사실이지만, 속성력을 얻는 것 자체가 마나를 느끼고 이해하는 데에 큰 도움이 되는 일이었다. 마법병단의 빠른 성장은 예정된 것이었다.

그러나 이들에게 현재 가장 필요한 것은 실전 능력이었다.

마법병단의 장점은 속성력을 얻음으로 인해서 강해진 마법뿐 아니라 빠른 마법과 연계 공격, 그리고 계속된 훈련으로 마법사라고는 상상할 수 없는 수준의 움직임이었다.

'문제는 그 능력들이 실전을 겪지 않고는 빈 껍데기뿐이라는 건데…….'

일반 마법사들이 캐스팅을 하고 마법을 쏘는 게 전투의 전부라면 마법병단은 이들과 좀 달랐다.

기존의 마법사의 전투방법에 검사와 같은 움직임, 그리고 속성력을 이용한 마법과의 **빠른** 연계공격이 더해져 마법사의 약점인 접근전을 커버할 만큼의 능력을 발휘하는 전투마법사라고 봐야 옳은 것이다.

　연계 마법과 능동적인 움직임을 갈고닦아야 하는 이들에게 가장 필요한 것은 실전 능력이었다.

　'나와 콜린이 대련해 주는 것도 한계가 있고.'

　결국 답은 몬스터랜드뿐이라는 사실을 되새긴 케인은 헬리온 백작을 꾀기 위한 작전을 세우기 시작했다.

　헬리온 백작이 자신의 안전을 걱정해 몬스터랜드의 입성을 허락하지 않는다는 것을 아는 케인은 자신의 안전을 어필하기 위해 생각해 낸 방법이 무력 시위였다.

　"아버님, 몬스터랜드가 헬리온 백작가에 전력의 낭비를 불러온다는 사실은 분명하지 않습니까?"

　들어오자마자 몬스터랜드 이야기를 꺼내는 케인을 보며 헬리온 백작은 곧바로 거부의 의사를 밝혔다.

　"안 된다. 군대를 이끌고도 토벌에 실패한 곳이다. 고작 서른 명이 가서 어찌해 볼 수 있는 곳이 아니다."

　시도는 많았지만 아직 어느 왕국에서도 제대로 몬스터랜드를 토벌해 낸 곳이 없었다.

　왕국 전체가 나선다면 쉽게 해결될 수 있겠지만, 몬스터랜드로 피해를 보는 곳은 해당 변경백 가문뿐이고 토벌에 성공해도 좋아지는 것은 해당 가문뿐이었다. 남 좋은 일에 쉽사리 다른 귀족들이 도움을 줄 리 없었다.

헬리온 백작가도 이미 과거에 몬스터랜드를 토벌하려 사천의 군대를 조직해 섬으로 건너간 뒤 삼백여 명만이 간신히 돌아온 적이 있었다.

몬스터랜드의 출입을 강하게 불허하는 이유가 여기에 있었다. 바로 그때 헬리온 백작가의 가주가 바뀌게 되었기 때문이었다.

토벌군을 직접 이끌고 몬스터랜드로 떠난 전 헬리온 백작이 몬스터랜드에서 죽임을 당했다. 헬리온 백작의 반대에는 단순히 몬스터랜드의 위험성 때문만이 아니라 혈육을 잃은 고통도 포함되어 있었던 것이다.

케인의 말에 크게 반대하는 현 헬리온 백작이 과거 사천 병사로도 토벌에 실패했음을 언급하며 케인에게 받아들일 수 없음을 다시 한 번 강조했다.

"그들은 토벌을 하려 했기 때문에 실패한 것입니다. 저희는 토벌이 아닌, 그곳에서 몬스터들을 사냥하며 살아보려 합니다."

케인의 말에도 일리가 있었다. 과거에는 사천의 대규모 병력이 들어가자 모든 몬스터들이 새로운 적의 등장에 긴장하고 공격해 왔던 것.

반면, 30여 명의 소수 병력이 자리를 잡고 차근차근 사냥하게 된다면 그러한 위험은 적어질 것이다.

하물며 그 전원이 마법사인 마당에야.

고민하던 헬리온 백작이 다시 고개를 저었다.

"그래도 안 된다. 근접전에 취약한 마법사들이다. 호위를 받고 지원사격을 하는 전투가 아닌 이상에야 위험에 빠질 수 있다."

헬리온 백작의 말에 기다렸다는 듯 케인이 치고 들어왔다.

"그렇다면 마법병단의 병사들이 헬리온 가문의 기사들과 싸워 이기면 허락하시겠습니까?"

케인은 이 말을 위해 대화를 끌어왔었다.

"허, 마법병단과 기사단 간의 대련을 말하는 것이냐?"

"그렇습니다. 마법병단은 짧은 시간 안에 많은 발전을 이뤘습니다. 그것을 증명해 보이고 싶습니다. 더불어 더욱 발전하기 위한 발판으로 몬스터랜드의 출입 허가까지 얻고 싶습니다."

케인의 말을 들은 백작이 기가 찬 듯 말했다. 기사와 마법사의 대련이라니 난생처음 들어보는 이야기다.

애초에 찌르고 베기 위한 검을 잡는 기사와 학문적인 의미로 마법을 배우며 부수적으로 살상력 있는 마법을 얻게 되는 마법사 간의 대련은 성립되질 않았다.

물론 최근에 와서는 마법사의 의미가 순수하게 연구의 목적으로 하는 학문적인 마법사에서 전쟁 등에서 큰 위력을 발휘하는 전투마법사로 많이 퇴색되었지만, 병사들의 보조 없이 마법사 홀로 누군가와 싸운다는 것은 여전히 상식적으로 이해가 가질 않았다.

"마법병단이 얼마나 발전했는지는 나 또한 궁금하구나. 그런데 마법사가 기사와 대결한다는 것이 얼마나 허무맹랑한 소리인지 알지 않느냐?"

"마법사들은 비록 기사와의 맞대결에서는 밀리지만 그 홀로도 충분히 제 위력적인 힘을 지닌 존재들입니다. 그리고 마법병단은 마법을 배우기보다 마법을 이용해 싸우는 법을 위주로 배웠으니 정확히 말하면 마법사라기보다 마법전사라고 해야 옳을 것입니다."

"그렇게까지 해서 몬스터랜드에 가야겠느냐?"

"마법병단의 성장을 위해서입니다. 기사단에게 패배하여 실력이 모자라다고 판단될 경우 몬스터랜드에 출입하지 않겠습니다."

케인의 말에서 굳은 의지를 느낀 헬리온 백작은 결국 기사단과 마법병단의 대결이라는 케인의 요구를 들어주기로 했다. 하지만 몬스터랜드에 들어가도록 내버려 둔 것은 아니었다.

"몬스터랜드로의 출입은 설사 헬리온 기사단이라 해도 허락할 수 없는 부분이다. 하지만 네가 그토록 원하는 일을 마냥 막을 수도 없는 노릇이니……."

고민하던 헬리온 백작이 결심한 듯 입을 열었다.

"마법병단이 헬리온 가문의 기사들을 상대로 세 번의 대결을 모두 이긴다면 믿고 보내주도록 하마."

세 번의 대결과 세 번의 승리.

헬리온 백작의 조건을 들은 케인의 표정이 굳어졌다.

기사의 가문으로 이름 높은 헬리온 백작가의 기사로 임명받기 위해서는 최소한의 실력 기준이 소드 유저였다. 3서클 이상의 마법사라도 일대일이라면 승리하기 힘든 대결인 것이다.

조건을 걸고 몬스터랜드의 출입을 허락한 헬리온 백작이었지만, 사실상 기사단을 상대로 세 번의 대결을 모두 이겨야 한다는 말은 출입을 불허한다는 말과 같았다.

어려운 조건이 분명하지만 이를 거부한다면 헬리온 백작은 몬스터랜드의 출입을 허가하지 않을 것이 분명했다.

'할 수 있는 데까지는 해봐야겠지. 기사들의 자존심에 고작 병사들을 상대로 강자들이 나오진 않을 테니…….'

고민하던 케인은 결국 헬리온 백작의 제안을 승낙하며 대결 날짜를 물었다.

"네, 알겠습니다. 언제 대결하도록 하시겠습니까?"

오히려 무리한 제안을 받아들이는 케인의 모습에 당황한 것은 헬리온 백작이었다.

'설마 헬리온 기사단과의 대결에서 이길 수 있다고 생각하는 건 아니겠지?'

당당한 케인의 모습이 의아하긴 했지만 헬리온 백작은 기사들의 승리를 당연시했기 때문에 케인이 몬스터랜드의 출입 허가를 받을 수 있다고는 생각하지 않은 채 대결 날짜를 정했다.

"미룰 필요가 있겠느냐? 지금 당장 기사단과 마법병단을 소집하도록 하자꾸나."

*　　　*　　　*

웅성웅성.

바로 옆에 한 치의 흐트러짐 없이 정렬해 있는 기사들과는 다르게 갑작스런 백작의 소환에 당황한 마법병단 병사들은 둥글게 모여 웅성거리고 있었다.

"조용히들 해! 곧 백작님이 나오실 거야!"

연장자 테니의 호통에 병사들이 조용해지며 줄을 맞춰 서기 시작했다. 하지만 그래봐야 정렬이라기보다는 줄을 맞춰 서 있다는 티가 나는 정도에 불과했다.

저벅저벅!

헬리온 백작이 양옆에 샤온과 케인을 데리고 걸어 나왔고, 그 뒤를 콜린과 월콧이 따라왔다.

콜린과 월콧에게는 자신들의 제자와 수하들이 치르는 대결이었다. 어찌 보면 백작가 두 영웅의 자존심 대결이 될 수도 있는 일이었다.

"흠, 아직 제대로 된 체계는 잡히지 않은 모양이구나."

헬리온 백작이 삐뚤빼뚤 서 있는 마법병단을 보며 조용히 말했다.

"그 체계를 잡기 위해 가고자 하는 것입니다."

위기의 순간에서 더 큰 발전과 서로의 신뢰가 빛을 발하는 법이다. 분명 몬스터랜드에서 예기치 못한 위기를 경험하며 두각을 드러내는 병사가 있을 것이다. 또한 케인은 위기 속에서 서로간의 신뢰를 만들어가며 그 체계를 잡아갈 목적이었던 것이다.

"지금 중요한 것은 그게 아니니……."

어차피 기사들이 이기면 몬스터랜드에 대한 이야기는 없던 것이 된다. 더 이상 걱정할 필요가 없다고 생각한 헬리온 백작은 곧바로 대결을 준비시켰다.

"월콧 자작 휘하의 헬리온 기사단과 케인과 콜린 휘하의 마법병단 간의 대련이 있을 것이다. 각 세 명의 대표자를 선발하여 한 명씩 앞으로 내보내도록 하라."

갑작스런 대련에 마법병단은 물론이고 기사들도 당황한 기색이 역력했다. 자신들이 알기로 마법병단은 창설된 지 이제 2년이 된 신생 병단이다. 그런 그들과 자신들의 대련이라니 당황이라기보다 황당한 기사들이었다.

그런 기사들의 앞으로 월콧이 다가왔다.

"너희가 느끼는 것을 나도 잘 안다. 하지만 어찌 되었든 이미 결정된 대련이다. 출전한 자는 최선을 다해 반드시 승리해야 한다. 누가 백작가의 검이 날카로움을 알릴 텐가?"

월콧의 물음에 가장 뒤에 서 있던 기사가 손을 번쩍 들었다. 피나는 수련을 통해 1년 전 정식으로 헬리온 기사단이 된 소드 유저급 기사였다.

다른 기사단과 자존심이 걸린 대결이었다면 익스퍼트급의 선배 기사들이 나섰을 것이다. 그러나 특수부대라고는 하지만 창설된 지 2년밖에 되지 않은 마법병단의 병사들이 마법을 배워봐야 얼마나 배웠겠는가?

오히려 이런 대결에 나가는 것을 수치스럽게 생각하는 선배 기사들의 마음을 읽고는 손을 번쩍 든 신참 기사였다.

손을 든 기사를 보고 월콧 자작이 고개를 끄덕이며 말했다.

"짧은 시간이지만 마법을 배운 자들이다. 방심하여선 안된다."

"예!"

힘차게 대답한 기사가 대련장 위로 올라 마법병단이 모여 있는 곳을 쳐다봤다.

뚜벅뚜벅.

'허.'

기사는 반대편에서 올라오는 자신의 대련 상대를 보고 황당함을 금치 못했다. 비단 대련장 위의 기사뿐만 아니라 월콧과 헬리온 백작도 같은 감정을 느끼고 있었다.

마법병단의 대표로 나온 자가 어린 소녀였기 때문이다.

"허, 콜린, 저 소녀가 마법병단의 첫 번째 대련자가 맞소?"

헬리온 백작은 대련장 위의 열여덟 살의 소녀 세린을 바라보며 콜린에게 물었다.

"예, 맞습니다. 저 아이도 당당한 마법병단의 일원이니 개의치 마시고 대련을 진행하셔도 괜찮습니다."

당황스럽긴 하지만 어차피 케인의 뜻을 꺾고자 만든 자리다. 어린 소녀가 나온다면 오히려 더 쉽게 이길 터였다.

콜린의 말에 그대로 대련을 진행하기로 한 헬리온 백작은 대련 시작 전 주의 사항을 말했다.

"이 대결은 대련임을 명심하고 상대를 제압하는 것에 최선을 다하도록 하라. 상대를 크게 상하게 하는 것 또한 패배로 간주될 것이다. 그럼 첫 번째 대결을 시작하라."

"헬리온 기사단의 스톰입니다."

"마법병단 소속의 세린입니다."

이미 치료사들이 옆에서 대기 중이었지만, 친선 대결에서 서로를 상하게 할 수는 없는 노릇이었다. 대결이 시작되자 대결의 예에 맞춰 인사를 나눈 스톰과 세린은 대련을 펼치기 시작했다.

*   *   *

"공자님, 어째서 세린을 내보내신 겁니까? 싸우는 거라면 저와 랜튼이 더 낫습니다. 저와 랜튼이 아니더라도 이 중에 세린보다 강한 사람은 많습니다."

이제는 병사들 사이에서 대장으로 인정받은 테니였다. 왜 케인이 첫 번째 대련 주자로 세린을 내세웠는지 이유가 궁금했다.

"날 믿어라. 두 번째는 테니, 세 번째는 랜튼이 나갈 것이다."

케인은 물음에 대답하는 대신 다음 대련 주자를 발표했다. 자신을 믿으라는 케인의 말에 병사들은 궁금증을 참고 세린의 대련을 지켜봤다.

아직 2서클 마법사인 세린은 파이어볼과 같은 살상력이 큰 마법은 펼칠 수 있는 능력이 없었다.

하지만 설령 사용할 수 있었더라도 소드 유저에 이른 기사와의 대결에서 케인이나 콜린과 같은 고위 마법사가 아닌 이상 기사와의 싸움에 3서클 마법을 캐스팅할 여유가 있을 리 없었고, 서로에게 큰 상처를 입히는 것이 금지된 대련에서 상대에게 파이어볼을 적중시킬 수도 없었다.

'힘들기는 하겠지만, 세린이라면 소드 유저의 기사를 이겨 낼 수 있을 것이다.'

그리고 세린을 내보낸 가장 결정적인 이유. 바로 첫 대결에서 가까스로 승리해야만 첫 번째 기사를 쓰러뜨리더라도 크게 경계심을 갖지 않게 될 것이고, 다음 대련 기사의 실력이 크게 높아지지 않을 거라는 계산 때문이었다.

화르륵! 챙!

"매직애로우!!"

결투가 시작되자마자 속성력을 이용한 화염의 창과 매직애로우와 같은 저서클의 캐스팅이 간단한 빠른 마법을 연속으로 퍼부어 기사의 움직임을 봉쇄한 세린이었다.

헬리온 백작과 월콧 자작은 세린의 공격을 보며 눈을 부릅떴다.

"속성력?!"

분명 2서클 마법사에 불과한데도 캐스팅 없이 화염의 힘을 발현시켰다. 저 어린 소녀가 선택받은 자들의 힘이라는 속성력의 주인이었던 것이다.

케인이 마법병단의 첫 번째 주자로 세린을 내보낸 이유가 속성력이라고 판단한 백작과 월콧 자작은 그제야 고개를 끄덕였다. 마법사에게 속성력이란 힘이 더해지면 더 이상 일반 마법사라 칭할 수 없었다.

"허허, 그래서 저 소녀를 내보냈군."

아직은 비록 저서클에 불과하지만 속성 마법사의 성장 속도는 일반 마법사들과는 비교를 거부했다. 잘만 지원해 준다면 5서클, 아니, 더 욕심낸다면 6서클까지도 바라보는 것이 무리가 아닌 존재가 속성 마법사였다.

속성 마법사가 세린 하나뿐이라 생각한 백작은 대련이 끝나면 마법병단에서 세린을 빼와 더 성장할 수 있도록 지원해 주기로 마음먹었다.

마법병단 전부가 속성력을 지녔다는 사실을 아직 모르는 백작이 세린에 대해 특별한 관심을 갖는 것은 당연했다.

'이런, 젠장. 이런 어린 꼬마한테……'

세린의 연속된 공격에 피해가 누적되던 스톰은 조금씩 걸어 나가기 시작했다. 그리고 그 한 걸음마다 급소는 피하고 있지만 불꽃에 데고 마나의 화살에 몸을 적중당하고 있었다.

"세린이 이기겠군."

"거리가 점점 좁혀지고 있는데도 그리 생각하나?"

콜린의 혼잣말에 헬리온 백작이 흥미있다는 듯 대련을 지켜보며 물었다.

스톰이라는 기사가 계속해서 피해를 입고 있지만 지금처럼 계속해서 거리가 좁혀진다면 결국 마무리하지 못한 저 소녀는 기사의 일검에 패배할 것으로 보였다.

백작의 물음에 콜린이 아무 말 없이 미소 지으며 세린을 지켜봤다.

지난 메이른 후작가의 블레이더 트람 자작과의 결투를 떠올린 콜린은 스톰이 계속해서 한 걸음씩 내딛는 것을 보고 곧 대련이 끝날 것임 예상했다.

팅! 챙!

저벅!

화르륵! 샥!

저벅!

"핫!"

스톰이 마지막 발걸음을 내디디며 기합 소리와 함께 검을 휘둘렀다.

스윽.

"제, 제가 졌습니다."

자신이 휘두른 검에는 아무런 느낌도 나지 않았다. 대결에
심취해 자신도 모르게 힘껏 휘둘렀던 검이지만 다행인지 불
행인지 상대 소녀는 자신의 검격 바깥에 서 있었다.

어느샌가 자신의 가슴 앞에 이글거리고 있는 화염을 바라
보며 스톰이 패배를 선언했다.

"아, 아니?!"

월콧은 놀람을 감추지 못했다. 속성력이 등장한 시점부터
패배는 염두에 두고 있었다. 하지만 스톰이라는 젊은 기사는
예상외로 선전하며 마법병단의 소녀 바로 앞까지 도달했다.

'마지막 일검을… 어떻게…….'

거리가 좁혀지면서 스톰의 승리를 예상했지만, 소녀는 한
걸음 뒤로 물러나며 검을 휘두를 때 생긴 틈으로 불꽃의 창을
밀어 넣었다. 콜린과 후작가의 블레이더였던 트람 자작의 전
투와 똑같은 장면이 연출된 것이다.

기사가 기사의 검을 피하는 일 자체는 그리 놀라운 일이 아
니다. 그러나 마법사가, 그것도 2서클에 불과한 소녀가 검을
피하면서 역공까지 가한 것은 분명 놀라운 일이었다.

짝짝짝짝!

어린 소녀의 엄청난 활약에 감탄한 헬리온 백작은 케인을 몬스터랜드로 가지 못하게 막아야 한다는 생각도 잊은 채 박수를 쳤다.

승리하고 내려오는 세린을 향해 병사들이 환호성을 내뱉었다.

"수고했다."

힘든 대결을 마치고 내려오던 세린은 케인의 격려를 듣고 얼굴에 옅은 홍조를 띠었다.

한 번의 패배에 자존심에 금이 간 월콧 자작은 더 이상의 패배를 용납하지 않으려는 의지를 보였다. 이어진 다음 대결에서 헬리온 기사단의 신입 기사들은 모두 눈길조차 받지 못했다. 이윽고 한 기사가 월콧 자작으로부터 지명받고 대련장 위로 올라섰다.

'거의 익스퍼트에 근접해 가는군.'

케인은 기사단에서 올려 보낸 기사를 바라봤다. 자신이 보기에 소드 유저 중에서도 최상의 실력을 지닌 기사다.

굳이 비교하자면 마법사의 3서클에서 4서클로 넘어가는 실력이었지만 전쟁과 같은 난전 상황이 아니라면 개인 대련에서는 4서클 마법사조차 눈앞의 기사를 상대로 힘든 대결을 펼쳐야 할 수준이었다.

하물며 이제 막 3서클에 오른 테니에겐 힘든 상대였다.

"테니, 마법병단의 힘을 보여주고 오세요!!"

아직도 승리의 흥분이 가시지 않은 세린이 테니를 응원했다. 아니, 오히려 압박했다.

세린의 응원에 더 큰 부담을 가진 테니가 케인을 바라봤다.

"해낼 수 있을 거다."

케인이 고개를 끄덕이며 말했다.

대결이 시작되자 테니는 누구도 예상치 못한 움직임을 보여줬다.

화르륵!! 펑펑펑!!

"파이어볼!!"

시작과 동시에 세 번에 연달아 불꽃의 창을 쏘아 보낸 테니는 곧바로 파이어볼 캐스팅을 시작했다.

두 번째 상대까지 속성 마법사일 것이라고는 생각하지 못했던 기사가 멈칫했지만, 불꽃의 창을 가까스로 막아내고는 캐스팅을 하는 테니를 향해 달려갔다.

타탓!

정상적인 상황에서 이정도 실력의 기사에게서 마법을 캐스팅할 시간을 빼앗기란 쉬운 일이 아니었다.

하지만 첫 움직임에서 방심하고 멈칫하는 바람에 기사가

미처 도달하기 전에 테니의 마법이 완성되어 쏘아져 나갔다.

쾅!

큰 폭발음이 들렸지만 대 헬리온 백작가의 기사가 이 정도로 쓰러질 리가 없다고 생각한 테니는 누구도 예상치 못한, 심지어 테니를 올려 보낸 케인조차 놀라게 하는 행동을 보여 줬다.

기사의 검에 갈라지며 파이어볼이 폭발하자 테니가 뒤로 물러나며 거리를 벌릴 거라 예상했던 모든 사람들은 앞으로 쏘아져 나가는 테니를 보고 신음을 삼켰다.

폭발의 화염과 연기를 헤치고 나와 멀리 도망가 있을 상대를 찾던 기사는 순식간에 자신에게 달려오는 테니를 발견하고는 흠칫 놀라며 검을 휘둘렀다.

아니, 휘두르려 했지만 어느새 검을 잡고 있는 자신의 오른팔을 왼팔로 휘어 감으며 오른손에 있는 불꽃을 들이미는 테니를 보고 패배를 인정했다.

이전 대결이 끝날 때에 박수갈채가 쏟아져 나온 반면에, 이번 테니의 승리에는 모두가 침묵했다. 순식간에 갈린 승부에 응원을 하던 마법병단의 동료들조차 당황하고 있었다.

짝, 짝짝!

헬리온 백작이 뒤늦게 박수를 치자 그제야 마법병단의 병사들도 테니의 승리를 깨닫고 환호했다.

사실 세린의 경우 상대와의 실력 차이와 능력 차이가 크지 않아 속성력과 매직스텝으로 극복하기에 딱 적당했다. 게다가 상대 기사의 움직임은 개인 대련 연습에서 항상 콜린이 자랑하며 연출했던 '2년 전 후작가 블레이더와의 전투' 패턴과 똑같았다.

이러한 이유로 생각보다 쉽게 승리를 얻어냈던 세린과는 달리 테니는 순수하게 자신의 전투 감각으로 자신의 경지보다 거의 한 단계 위의 기사를 상대로 승리를 이끌어낸 것이다.

물론 상대 기사가 테니의 무식한 전투 감각을 미리 알고 당황하지만 않았다면 이렇게 허무하게 패배할 리 없었지만, 어찌 됐든 테니는 헬리온 백작가의 두 번째 대련 기사를 상대로 승리한 것이다.

헬리온 백작은 또 다른 속성 마법사의 등장에 무언가 이상함을 느끼고는 케인을 쳐다봤다. 이대로 가다간 정말 몬스터 랜드로 보내야 할 판인 것이다.

한편, 헬리온 기사단은 초상집 분위기였다. 패배한 기사들은 고개를 들지 못했고, 다른 기사들은 패배에 대한 수치심으로 얼굴이 붉어져 있었다.

"허, 이거 좀 곤란하게 됐군."

기사단의 분위기를 살핀 케인이 인상을 찌푸리며 말하자 마법병단의 병사들이 케인의 주위에서 귀를 쫑긋 세웠다.

"저희가 이기면 안 됐던 건가요?"

케인이 난처해하자 혹시 다른 목적이 있어서 자신들이 패배하길 원했던 건 아닌지 묻는 세린의 모습에 케인이 세린의 머리를 쓰다듬으며 말했다.

"아니, 너무 잘해줬다. 그게 조금 문제가 되긴 하지만."

케인이 애초에 다른 병사들을 내버려 두고 세린을 내보낸 이유가 기사들의 특성상 마법병단을 상대하는 일에 처음부터 강자가 나올 리 없었기 때문에 그 수준에 맞춰 적당히 승리하기 위함이었다.

세린의 경우 그 역할을 아주 잘 수행했다. 그런데 예상치 못하게 두 번째부터 소드 익스퍼트는 아니지만 그에 근접한 실력자가 등장해 버렸다.

케인의 계획대로라면 세 번째에나 등장했어야 하는 수준의 기사였지만, 속성력이라는 힘과 마법사라고 보기 힘든 세린의 움직임에 케인이 예상했던 것보다 기사들이 큰 자극을 받으면서 이러한 결과로 이어졌다.

테니를 내보내긴 했지만 내심 테니가 패배할 줄 알았던 케인의 예상은 다행히 또다시 빗나갔다. 테니의 기습 전략에 허무하게 두 번째 기사 또한 패배를 인정한 것이다.

'이번엔 정말 힘들겠군.'

마지막 세 번째 대련 기사를 소드 유저 상급쯤으로 예상했던 케인이다. 그런데 예상과는 다르게 월콧 자작이 두 번째 기사부터 소드 유저 중에서도 최고의 실력을 지닌 기사를 내보낸 것이다.

마지막 기사는 기사단 내에서 상위 실력자가 나올 판이다. 아무리 빠른 성장을 이룬 마법병단이지만 익스퍼트급 기사를 당해낼 순 없을 것이다.

"랜튼."

"예!"

케인 자신과 같은 두 개의 마나 홀로 마법을 사용하는 랜튼이다. 순수하게 마법과 속성력의 힘으로만 따진다면 마법병단 내에서 으뜸이었다.

"이번 상대는 힘들 거다. 하지만 최선을 다하고 오도록."

"예? 예! 최선을 다하고 오겠습니다."

앞선 세린과 테니가 올라갈 때와는 다른 충고였다. 이미 케인이 패배를 확신했기 때문임을 눈치챈 랜튼이 주먹을 꽉 쥐며 올라갔다.

'절대 쉽게 져주진 않겠습니다!'

"마법병단의 랜튼입니다."

"헬리온 기사단의 케릭이다."

랜튼의 머릿속이 하얗게 물들었다. 마법병단 내의 대련에서 몇몇을 제외하고는 거의 패배하지 않는 랜튼이었다.

다른 동료들보다 많은 마나와 더 강력한 속성력을 지닌 탓에 자신감에 차 있던 랜튼은 이제야 케인이 왜 자신의 패배를 확신했는지 알 수 있었다.

'케릭, 고던 성에서 성문을 막고 있던 그 기사잖아?!'

과거 광기의 해이자 봄이 찾아오는 달에 고던 성 전투에서 본 적이 있는 기사였다. 힘이 빠진 월콧 자작의 자리를 메우던 찬란한 은빛 갑옷의 기사들 중 하나였던 것이다.

워낙 기사를 동경했던 소년 병사 랜튼이었기에 기사의 얼굴을 보고 긴가민가한 기억은 남을 수 있었다. 하지만 이리도 강렬하게 뇌리에 박혀 있다는 것은 그때 보여준 케릭의 무위가 상상 이상이라는 것을 의미한다.

어찌 보면 애들 싸움에 끼어든 어른과도 같아 부끄러움을 느낄 수 있었지만, 월콧 자작은 앞선 두 번의 패배를 설욕하고자 하는 마음이 더 컸던 모양인지 익스퍼트급 기사인 케릭을 내보냈다.

"허, 케릭 경이 나오다니, 월콧 자작이 어지간히도 자존심이 상했나 보군."

헬리온 백작 또한 기사 케릭의 등장에 적잖이 당황했다.

특정 수준 이상의 실력자를 내보내지 말란 얘기는 없었기 때문에 문제는 없었다. 그리고 고작 신생 부대에게 마지막 대결까지 패배한다면 기사단의 명예는 땅으로 떨어지고 말 것이다. 그를 배려한 헬리온 백작에 의해 대결은 그대로 진행되었다.

스릉!

"선공을 양보하마."

검을 뽑은 채 가만히 서서 선공을 양보하는 케릭의 호의를 거절하지 않는 랜튼이다. 자존심을 세우기에는 너무나 높은 산이었다.

'기회가 있을 때 끝내야 해.'

자신의 마나 양이 마법병단 내에서는 최상위에 속하지만, 소드 익스퍼트와 비교할 수는 없었다. 굳이 마나 양이 아니더라도 자신에게 승기가 있는 건 상대방이 속성 마법사와의 전투에 익숙해지기 전뿐이다.

화르륵!

"흐음, 이번에도인가……."

역시나 간단한 캐스팅이나 영창 없이 등장하는 불꽃에 케릭의 표정이 굳었다. 상식으로는 이해가 가질 않지만 분명 대련에 나온 세 명의 병사는 모두 속성력을 다뤘다. 아니, 이미 마법사로 불려야 정상인 병사들이었다.

순식간에 세 개의 불꽃을 만들어낸 랜튼은 곧바로 쏘아 보내지 않고 유지시킨 채로 파이어볼을 캐스팅했다. 순수한 더블 캐스팅과는 비교할 수 없었지만, 화염을 유지시킨 채 또 다른 마법을 캐스팅하는 일은 쉬운 일이 아니었다.

하물며 3서클에 이른 랜튼에게 3서클 파이어볼은 더욱이 쉽지 않은 마법이 분명했다.

새로운 화염구가 떠오르자마자 기다렸다는 듯 유지되던 불꽃들과 함께 케릭에게 날아갔다.

화르륵! 펑!!

폭발로 인한 화염이 가라앉기도 전에 그 안으로 파고드는 공기의 일그러짐이 있었다.

"매직애로우!"

픽! 펑!펑!

비록 1서클 마법이지만 케인과 콜린으로부터 터득한 증폭과 빠른 캐스팅이 있었다.

케릭이 빠져나오기 전에 끝내기 위해 쉴 새 없이 몰아치던 랜튼은 폭발의 화염과 연기가 사라진 후에도 멀쩡한 차림으로 묵묵히 검을 휘두르는 케릭을 보고 생각을 바꿨다.

'내가 아무리 강한 마법을 펼쳐도 소드 익스퍼트의 검에는 힘없이 막힐 거야. 그렇다면⋯⋯.'

언제까지 케릭이 방어만 하고 있을 리는 없었다. 지금도 단지 랜튼이 어느 정도 수준인지 파악하기 위해 탐색을 하고 있는 것이지 절대 랜튼의 공격이 강력해서 움직이지 못하는 것이 아니었다.

'내가 동시에 만들 수 있는 속성 마법은 네 개.'

화르륵! 화르륵!

순식간에 세 개의 불꽃 창이 생겼다. 그와 동시에 케릭의 전방과 좌우를 노리며 세 개의 창이 날아갔다.

퍼퍼펑! 푸욱!

케릭은 자신에게 세 개의 불꽃 창이 날아오는 것을 보며 가볍게 검을 휘둘러 소멸시켰다. 그런데 이 고통은 뭐란 말인가?

케릭은 얕게 베어진 옆구리를 보며 이를 갈았다. 자세히 보니 상처에는 서리가 맺혀 있었고 피조차 흘러나오지 않았다. 뒤를 돌아본 케릭은 이를 갈며 랜튼을 쳐다봤다.

"으드득, 이런 잔재주를!"

랜튼의 노림수는 바로 얼음의 창. 한 번에 세 개의 불꽃 창과 한 개의 얼음 창을 만들어 불꽃 창 뒤에 하나의 얼음 창을 숨겨놓았던 것이다.

다른 속성의 공격이었다면 이런 얕은 수가 통하지 않을 수도 있지만, 계속된 화염 공격 속에서 뜨거운 와중 느껴지는 얼음 창의 한기에 자신도 모르게 그 방향으로 이동했던 케릭이다.

하지만 이런 회심의 일격에도 불구하고 과연 실력있는 기사답게 마지막 순간 몸을 틀며 얕은 상처만을 남긴 채 피해낸 케릭이었다.

"용서치 않겠다!"

"그만!"

분노한 케릭이 뛰쳐나가려던 순간 케인의 목소리가 대련장을 갈랐다.

"케릭 경의 승리입니다! 마법병단에서는 아직 익스퍼트급 기사를 당해낼 병사가 없군요!"

한참 공격을 받아내기만 하다가 대련이 끝나 버린 케릭은 무언가 억울한 듯 월콧 자작을 쳐다봤지만 별수 없었다. 상대가 패배를 인정하겠다는데 더 몰아붙일 수도 없는 일이다.

"공자님, 저는……."

랜튼도 무언가 할 말이 있는지 대련장 위로 올라오는 케인을 보고는 입을 열었다.

"이 정도면 잘했다. 마지막 공격은 그 누구도 예상치 못했을 거다. 내려가서 쉬도록 해."

랜튼은 케인의 말에 아쉬움을 남긴 채 대련장 밑으로 내려갔다.

"결국 한 번은 패했구나."

"예, 아쉽게도 그렇게 됐군요."

마지막이 소드 익스퍼트인 케릭만 아니었더라면 랜튼이 승리할 수도 있었다고 생각하는 케인의 표정에도 아쉬움이 묻어났다.

"제아무리 속성 마법사라 하더라도 짧은 시간에 저 정도 대결을 보여준다는 게 쉽지 않은 일임을 안다. 그동안 피나는 노력을 했겠지."

헬리온 백작이 아무 생각 없이 칭찬하는 게 아님을 아는 케인은 백작의 다음 말에 귀를 기울였다.

"앞으로 백작가뿐 아니라 왕국 전체가 시끄러워질 게다. 그 운을 너희에게 걸어보고 싶구나."

무슨 말인지 몰라 서로 멀뚱멀뚱 쳐다보는 마법병단의 병사들과는 다르게 케인의 얼굴에는 미소가 어렸다.

"그럼 허락해 주시는 겁니까?"

"그래, 몬스터랜드로의 훈련을 허락하도록 하마. 다만 안전을 가장 우선하길 바란다, 아들아."

마법병단의 가능성에 대해 기대하는 헬리온 백작의 마음과 아들의 고집을 꺾지 못하는 아버지의 마음으로 결국 몬스터랜드의 입성을 허락하는 백작이었다.

"예, 명심하겠습니다."

"고, 공자님, 말씀 중 죄송하지만 몬스터랜드의 훈련이라니, 설마 저희를 데리고 몬스터랜드에 들어간단 말이십니까?"

헬리온 백작의 허락에 기뻐하는 케인과 달리 난데없는 몬스터랜드 이야기에 병사들은 혼란에 빠졌다. 아무리 훈련이 중요하다 해도 그렇지, 몬스터랜드로 훈련을 떠난다니? 이런 이야기는 들어본 적이 없었다.

"몬스터랜드의 훈련이 끝나고 돌아온다면 내 그대들을 마법병단이 아닌 마법사로 인정해 주겠다."

기왕에 케인의 일을 지켜보고 힘을 실어주기로 한 헬리온 백작은 마법병단의 병사들에게 당근을 던졌다.

헬리온 백작이 마법사로의 대우를 약속하자 마법병단의 병사들은 언제 걱정했냐는 듯 너도나도 훈련을 가겠다며 의욕을 불태웠다.

"아닙니다. 이들은 퇴역까지 영지를 위한 마법병단의 일원으로 남아 있을 것을 맹세했습니다."

케인의 말에 자신은 그런 적 없다고 외치고 싶은 테니였지만 맹세를 한 것은 사실이다.

"허, 내 마도사 콜린을 무시하려는 의도는 아니지만 이익을 좇지 않고 영지를 위해 맹세하다니, 그대들의 마음가짐은 마법사보다는 차라리 기사에 가깝군."

훈련 초기에 케인이 반강제적인 조건으로 마나의 맹세를 받아낸 사실을 모르는 헬리온 백작은 그들의 마음가짐(?)을 크게 오해해 버렸다.

"비록 특수병단의 병사들에 불과하지만 백작가와 영지에 대한 충성심이 뛰어난 이들입니다. 몬스터랜드에 다녀오게 되면 명예기사의 작위를 내리시고 영지의 안전을 책임지도록 하는 것이 어떻겠습니까?"

"마법사지만 충성을 다하는 자들이라……. 무사히 다녀온 다면 그대들에게 명예기사의 대우를 약속하지."

명예기사의 작위로 마법병단을 헬리온 백작가에 꽁꽁 묶어놓는 것에 성공한 케인이었다. 기사 작위가 아니더라도 이들이 배신할 일은 없겠지만, 이로써 더욱더 백작가에 충성을 다하게 될 마법병단이었다.

그런 케인의 속셈을 모르는 마법병단의 병사들은 그저 명예기사의 작위와 명예기사가 받을 수당에 마냥 기뻐했다. 어찌 되었든 케인과 마법병단 모두가 승리하게 된 기분 좋은 일이었다.

"그럼 준비가 되는 대로 보고 드리겠습니다."

"그래, 어차피 가기로 정해진 이상 철저하게 준비하거라."

몬스터랜드로 가기 위한 준비는 상당히 단출했다.

마법사들인 만큼 병장기는 필요 없었고 굳이 장비라면 가서 사용할 마나석과 입을 옷이 거의 전부였다. 그리고 역시나 따라붙는 몇 가지 짐(?)이 있었다.

"왜 따라오시는 겁니까?"

"당연히 랜튼이 걱정되어서지요. 그 위험한 곳에 어찌 랜튼을 혼자 보냅니까?"

콜린과 함께 헬리온 백작에게 보고를 마치고 몬스터랜드로 출발하려는 중이었다. 그런 와중에 자신의 짐을 챙기며 따라오는 제코와 그런 제코를 보며 티격태격하는 케인이었다.

"걱정할 사람을 걱정하셔야지요. 그리고 혼자라니 여기 함께 가는 랜튼의 동료들이 안 보이십니까?"

마법병단 중 최상의 실력자가 랜튼이고, 소드 익스퍼트의 실력자까지 밀어붙였던 랜튼이다. 불과 이 년 전만 해도 어리기만 하는 소년이었던 랜튼이 이제는 누군가의 보호가 필요한 시점이 지난 영지를 보호할 마법병단의 병사가 되어 있는 것이다.

"아무튼 저는 반드시 따라갈 겁니다! 같이 안 데려가시면 혼자라도 들어가서 몬스터들에게 확 죽어버리겠습니다!"

어떤 이유에선지 기사 생활을 포기하고 은둔 생활을 하는 제코에게 랜튼의 존재감이 상당했던 것임을 깨달은 케인은 더 이상 제코를 막지 않았다.

오히려 생각이 바뀌자 이왕 함께 가는 거, 몸 잘 쓰는 기사 짐꾼으로 사용하면 좋겠다고 생각하는 케인이었다.

"저희는 분명한 백작령의 영지군입니다. 함께 가시려면 지휘 체계를 따라야 하는데 괜찮겠습니까?"

음흉한 미소를 지으며 제코에게 명령을 따라야 함을 강요하는 케인이다. 제코에 대한 처리를 끝낸 케인은 뒤돌아서며 또 다른 사내를 처다보며 말했다.

"샤온, 넌 도대체 왜 가려는 거야? 소가주가 그렇게 할 일이 없어?!"

어느샌가 자신들과 함께 걷고 있는 샤온을 보며 아무 말 못했던 마법병단의 병사들과는 다르게 샤온의 존재를 확인한 케인이 소리를 질렀다.

"우리가 어디 가는 건지는 알고 따라온 거지?"

케인의 물음에 고개를 끄덕이는 샤온이다.

"내게도 실전 훈련이 필요해. 대 헬리온 백작가의 가주가 될 사람이 고작 몬스터랜드에 겁먹을 순 없지. 설마 제코 경은 되고 나는 안 된다는 말은 아니겠지?"

나이를 먹으면서 능글맞아진 샤온을 보며 한숨을 쉬며 고개를 젓는 케인이었다.

그렇게 몬스터랜드로부터 침략을 받기만 하던 헬리온 백작령에서 마법병단 병사 30명과 케인, 콜린, 샤온, 제코 등 총 서른네 명의 몬스터랜드 침공군이 편성되었다.

CHAPTER
09

몬스터랜드로

몬스터랜드를 향해 가는 30여 명의 무리에서 유난히 많은 짐을 지고 걷는 사내가 있었다.

"헉헉, 공자님, 짐 좀 나눠 들게 해주시면……."

"그게 무슨 소립니까? 병사들은 도착하자마자 훈련을 시작해야 하는데, 힘 좋은 기사 출신의 제코님이 그 정도 짐도 못 드십니까?"

막무가내로 따라붙는 제코를 마법병단의 컨디션 조절을 핑계로 짐꾼으로 부려먹는 케인이었다. 그리고 그 모습을 보며 속으로 안도의 한숨을 내쉬는 한 사내가 있었다.

'내가 소가주인 게 다행이군.'

아무런 힘도 빽도 없는(?) 제코가 고생하는 모습을 보기 전에는 자신의 짐만 들고 가면 된다는 사실이 이렇게 좋을 줄 몰랐다. 백작가의 이공자가 직접 짐을 지고 다니는 일은 없었으니까.

"어! 저기 성이 보여요!"

마나를 다루는 연습을 하던 테니도, 속으로 안도의 한숨을 내쉬던 소가주도, 혼자서 커다란 짐을 메고 가는 제코도 고던 성이 보인다는 세린의 말을 듣고는 고개를 번쩍 들었다. 드디어 몬스터랜드의 코앞까지 도달한 것이다.

대부분이 영지병 출신인 병사들은 몬스터랜드로부터 나오는 몬스터를 막기 위해 와본 경험이 전부다. 그런데 이번에는 그 무시무시한 몬스터들이 있는 섬으로 직접 들어가는 것이다.

고던 성에 도착한 마법병단에게 이틀간의 휴식이 주어졌다. 아직 섬으로 연결되는 길이 열리려면 삼 일이 더 지나야 했던 것이다.

이곳저곳 둘러보던 샤온은 주어진 휴식 시간에도 불구하고 병사들의 대부분이 수련을 한다는 사실에 자극받아 당장 검을 차고 바깥으로 나왔다.

샤온까지 바깥으로 나가 검을 휘두르는 것을 본 케인은 미소를 지었다. 이들이 강해질수록 영지는 점점 더 안전해질 것이다. 혹여 차원 이동 마법을 찾아내 자신이 사라지더라도 위험하지 않을 정도로.

사실 처음부터 병사들이 자발적으로 열심히 수련한 것은 아니었다. 그러나 점점 강해지고 있음을 확실히 느끼기 시작하면서 어느새부턴가 열정적으로 변한 병사들이었다.

게다가 이번 기사단과의 대련을 통해 자신들의 수련의 성과를 확실히 인정받자 더더욱 수련에 매진하기 시작했다.

이런 변화로 인해 마법병단의 병사들은 몬스터랜드라는 위험 속 훈련도 마다않고 떠나는 것이다.

병사들에게 휴식을 준 뒤 케인과 콜린은 들어가는 시기에 대해 이야기를 나누기 시작했다.

길이 열리는 4일 중 들어가기에 가장 위험한 날은 4일째였다. 하루하루 지나면서 길이 열리는 것을 알아차린 몬스터들이 늘어나기에 마지막 밤은 가장 많은 몬스터가 쏟아져 나온다. 그러한 이유로 섬에 들어가는 날짜는 첫째 날로 정해졌다.

날짜는 정해졌지만, 들어가는 시간대에 대해서는 아직도 케인과 콜린의 의견이 분분했다.

길이 열리자마자 들어가게 된다면 건너는 동안 대륙으로 나가려는 몬스터들을 전부 상대해야 한다. 반면, 늦게 들어간 다면 상대하는 몬스터들의 숫자는 적어지지만 계속 싸우며 들어가야 하기에 시간이 지나 중간에 물에 잠길 수도 있었다.

똑똑똑.

케인과 콜린이 얘기하던 중 제코가 찾아왔다.

"앞으로 어떻게 하실 계획이십니까?"

"들어가서 어느 정도 지형을 살피고 우리가 생활할 지역을 정하고 무리하지 않는 선에서 천천히 영역을 넓혀갈 생각이네."

제코의 물음에 콜린이 답했다.

"그럼 들어가는 것은 언제입니까? 당장 내일모래 길이 열리면 곧바로 들어가실 생각입니까?"

들어가는 시기에 대한 질문에는 케인이 지금껏 콜린과 함께 고민했던 내용을 제코에게 설명했다.

"어차피 들어가는 것이 아니라 몬스터들을 상대하며 실전 경험을 쌓는 것이 목적 아닙니까?"

왜 고민하는 건지 모르겠다는 제코의 말에 케인과 콜린은 망치로 머리를 맞은 듯한 느낌이다.

애초에 목적 자체가 몬스터와 싸우는 것인데 군이 몬스터가 적은 시간대로 피해갈 이유가 없었다.

오히려 뒤에 성이 버티고 있으니 안전 또한 확보가 되어 있으니 길이 열리자마자 싸우며 들어가는 것이 나을 것 같았다.

"그럼 들어가는 시간은 첫날 길이 열리자마자로 정해졌고, 그보다 제코 경은 언제까지 정체를 숨기실 생각이십니까?"

제코가 믿을 만한 사람이라는 것은 진작부터 알고 있었지만, 단순한 궁금증에서 나오는 질문이었다. 제코도 끝까지 숨길 생각은 없었는지 순순히 입을 열었다.

"자랑할 만한 과거가 아니기에 말씀드리지 않았을 뿐, 숨길 생각은 없었습니다."

지난 일을 떠올리고 있는지 눈을 감고 있던 제코가 다시 입을 열었다.

"기사의 작위를 받은 건 20년도 더 된 일입니다."

20년 전, 아직까지 한참 대륙 곳곳에 산발적인 국지전과 영지전이 일어나고 있을 시기였다.

스무 살의 어린 나이에 소드 익스퍼트의 경지에 오른 천재 검사였던 제코에게 주변 영지의 수많은 추파가 쏟아졌다. 앞으로 검을 휘두를 시간을 생각한다면, 검사들의 목표인 블레이드 나이트가 되는 것도 어려운 일이 아닐 거라는 평가 때문이었다.

자신을 원하는 수많은 귀족가들 사이에서 갈피를 잡지 못하던 제코는 자신에게 마음으로 다가오는 한 귀족을 만날 수 있었고, 곧바로 한 자작가에 충성을 맹세한 기사가 되었다.

정식 기사가 된 제코는 곧바로 전쟁에 투입되었고, 혁혁한 전과를 올리기 시작했다.

그러나 2년 뒤 제코가 기사의 서약을 맺은 자작가는 영지전에서 패했고, 결국 제코는 자신의 눈앞에서 주군을 잃었다.

"그렇게 바로 앞에서 자신의 군주를 잃고 홀로 살아남은 기사는 그 충격에 정처없이 떠돌다 헬리온 백작령에 자리를 잡은 것이었죠. 하하, 뭐 별로 특별할 거라곤 없는 얘깁니다."

무거워진 분위기를 환기시키려 억지로 웃음을 짓는 제코였다.

"이 정도 충성을 바치셨으면 주군께서도 만족하셨을 겁니다. 오히려 훌륭한 기사가 아직까지 자신에게 얽매어 있음을 안타깝게 생각할지도 모릅니다."

제코의 말에서 아직도 자신의 눈앞에 있던 주군을 지키지 못한 한이 남아 있음을 느낀 케인이 제코를 위로했다.

케인의 말에 눈시울이 붉어지던 제코는 이윽고 눈물을 흘리고 말았고, 지켜보던 콜린도 제코가 오랜 시간 힘들어 했음을 이해하고는 함께 슬픔을 위로하며 밤을 보냈다.

"드디어 들어가는구만. 과거에는 오크 한 마리에도 벌벌 떨던 랜튼이었는데, 얼마나 달라졌는지 지켜보겠어."

"걱정하지 말고 아저씨는 뒤에 가만히 서 계세요! 제가 털 끝 하나 다치지 않게 보호해 드릴 테니까요!"

자신을 겁쟁이 취급하는 제코를 보며 오기가 발동한 랜튼 이 제코와 티격태격하자 긴장되었던 분위기가 일순간 부드럽 게 풀리기 시작했다.

달이 뜨고 얼마간의 시간이 지나자 눈에 띄게 바닷물이 빠 지기 시작했다.

"이게 바로 대륙과 섬을 잇는 길이구나. 얘기만 들었지 실 제론 처음 본다."

물이 빠지며 드러나는 길을 보고 놀라는 테니였다.

"자, 들어가자! 이제부터 정신 바짝 차리고 자신과 옆 동료 의 안전이 최우선이라는 것을 명심하도록!"

"예!"

기합이 잔뜩 들어간 마법병단 병사들이 크게 대답함과 동 시에 발을 내딛기 시작했다.

그렇게 10분쯤 걸었을까?

크아으, 크앙!

저 멀리서 들려오는 몬스터의 울음소리를 듣고 몬스터를

마주칠 시간이 얼마 남지 않았음을 깨달은 케인이었다.

취익! 취익!

몬스터의 울음소리를 들은 지 얼마 지나지 않아 케인과 병사들은 50여 마리의 오크 무리와 맞닥뜨렸다.

"전투 준비!"

케인의 말에 신속하게 자리 잡는 병사들 가운데 제코와 샤온만이 어정쩡한 위치에 서 있었다.

"발사!"

하위 몬스터로 항마력이 낮은 오크들은 3서클 이하의 마법에 순식간에 피떡이 되어 쓰러졌다. 그리고 마법의 포화 속에서 간신히 살아남은 오크들은 정신을 차리기도 전에 반짝이는 검광과 함께 목이 떨어졌다.

"이야, 우리 정말 많이 강해졌는걸!"

"그러게요! 제가 오크를 죽였어요!"

과거에는 보자마자 무서워 벌벌 떨었을 자신들이 몬스터를 처리하자 신이 난 테니와 세린이었다. 그리고 들뜬 기분을 감추지 못하는 것은 다른 병사들도 마찬가지였다.

"다들 긴장해! 언제 어떤 몬스터가 튀어나올지 몰라! 한순간만 방심하면 죽을 수도 있어!"

케인은 지나치게 긴장이 풀려 버린 병사들을 보고는 다시 분위기를 전환시켰다.

케인 역시 몬스터를 상대하는 것은 처음이었지만, 제아무리 경험이 없다 하더라도 애초에 6클래스 마도사와 이제 막 2~3서클에 오른 초보 마법사들 사이에는 커다란 차이가 있었다.

이들이 자신들의 실력을 과신하고 방심하는 순간 수많은 사상자가 발생할 것이 분명했다.

크아앙!

오크 무리를 만난 이후 두 차례 더 소형 몬스터의 무리를 가볍게 물리친 케인과 일행의 귀에 맨 처음 들었던 몬스터의 포효가 또다시 들려왔다.

크아앙!!

다시 소리가 들렸을 때는 이미 포효의 주인인 오우거가 도약하며 뛰어오고 있었다. 사실 지금의 전력으로 오우거 한 마리 정도는 식후 운동감에도 미치지 못했다. 그러나 문제는 오우거가 한 마리가 아니라 두 마리였고, 그 오우거의 포효에 놀란 소형 몬스터들이 그 앞에서 달려오고 있었다.

두두두두!

수많은 몬스터들이 달려오자 대지가 울리기 시작했다.

"뭣들 하는 거야! 전투 준비!!"

몬스터들의 돌진에 기가 눌린 병사들이 정신을 차리지 못하자 케인이 호통을 치며 정렬시켰다.

퍼퍼펑!

정신을 차린 병사들의 공격을 받은 오우거 한 마리가 중심을 잃으며 쓰러졌고, 소형 몬스터들 또한 폭발과 화염에 휩싸이며 혼란에 빠졌다. 하지만 여전히 오우거 한 마리와 육십여 마리의 소형 몬스터가 줄지 않은 속도로 달려들고 있었다.

단체의 적을 상대로 마법 공격을 연습해 본 적이 없는 마법 병단이 화력의 범위를 조절해 가며 많은 수의 몬스터를 쓰러뜨릴 수 있을 리가 없었다.

"젠장! 콜린!"

병사들이 기사단과의 대련 때처럼 충분한 실력을 발휘한다면 더없이 좋은 실전 경험이 될 전투다. 그러나 전혀 기세가 줄지 않은 몬스터들의 돌진에 우왕좌왕하는 병사들을 보며 위험하다고 판단한 케인이 콜린에게 소리쳤다.

우우웅!

"파이어 월!!"

콜린의 마나와 대기 중의 마나가 공명을 일으키며 불의 벽을 형성시켰다.

크앙! 슈슈슉!

소형 몬스터들이 불의 벽에 가로막혀 있는 반면에, 가장 큰 위협인 오우거가 불꽃을 뛰어넘으려 도약했다. 하지만 이어진 케인의 바람의 칼날에 목이 분리된 오우거의 시신이 힘없이 바닥으로 떨어졌다.

"다시 준비하고!"

퍼퍼펑!

케인과 콜린 덕에 시간을 번 병사들의 마법은 불의 벽이 사라지면서 다시 달려오는 소형 몬스터들에게 작렬했다.

봄이 찾아오는 달이 지난 후이기 때문인지 한 번의 위기를 제외하고는 고던 성에서 걱정했던 것과는 다르게 적은 수의 몬스터만을 간간이 상대하며 몬스터랜드에 도달하게 된 케인의 일행이었다.

몬스터랜드의 영역 다툼은 일반 산맥이나 들판에서 벌어지는 몬스터들의 영역 다툼과는 차원이 달랐다.

섬은 넓었지만 수많은 몬스터 종이 있었고, 각 종마다 이해가 안 될 정도로 많은 개체수를 보유하고 있었기 때문에 상당히 비좁게 느껴졌다.

한 걸음 한 걸음마다 새로운 몬스터의 영역에 들지 않도록 조심해 가며 걸어야 할 정도였던 것이다.

몬스터랜드에 입성한 마법병단이 맨 처음 자리를 잡은 곳은 섬 외곽의 한 동굴이었다. 물론 주인이 있는 집이었다.

외곽의 동굴에서 생활하던 웨어울프와 늑대들은 자신의

영역에 새로운 침입자들의 냄새를 맡고 달려 나갔다.

살아오면서 온몸이 근육으로 뒤덮인 몬스터과 털 달린 동물들만 봐온 웨어울프들의 눈에 여태껏 볼 수 없었던 허약한 생김새의 침입자들은 별식 그 이상도 그 이하도 아니었다.

그러나 곧 웨어울프와 늑대들은 다가가기도 전에 위협적인 불꽃을 만들어내 순식간에 자신의 동료들을 학살하는 모습을 목격하고는 눈앞의 침입자들이 자신들의 먹잇감이 아니라 이 지역의 패자가 될 존재들이라는 것을 인식했다.

본래 주인이었던 웨어울프들을 몰아내며 차지한 동굴에서 케인을 비롯한 모든 이들이 둥그렇게 앉아 회의를 했다.

"일단 섬 외곽 부분에서는 마법병단에게 큰 위협이 될 만한 존재는 없는 것 같습니다. 가끔씩 갑작스럽게 튀어나오는 대형 몬스터들만 조심하면 될 겁니다."

"앞으로 마법병단은 열 명씩 조를 이루어 활동한다. 각 조는 테니와 랜튼, 그리고 피터가 조장을 맡아 조원을 뽑도록."

어느새 케인의 보좌관처럼 행동하는 제코의 말에 고개를 끄덕인 케인이 조를 나눠 뽑을 것을 명령했다.

비록 기사로서 은퇴한 지는 오래됐지만 대륙의 혼란기에 수많은 전투를 경험하고, 백작령에서도 영지군으로 오랜 생활을 해온 제코의 조언은 실전 경험이 적은 케인에게 적절한 도움이 되어주고 있었다.

각 조의 조장으로 이미 병단 내부에서 대장으로 인정받은 테니와 랜튼, 그리고 랜튼과 마찬가지로 두 개의 마나 홀을 지니고 있는 피터라는 병사가 뽑히자 테니의 지휘 아래 남은 스물일곱 명 또한 순식간에 각 조장 밑에 세 개의 조로 나뉜 마법병단이었다.

"처음 일주일간은 나와 콜린이 각 조를 따라다니며 안전을 보호한다. 그러나 일주일 후부터는 각 조별로 스스로의 안전을 책임지도록 한다."

그렇게 회의를 마치자 잠자코 있던 샤온이 케인에게 다가와 말했다.

"마법사들의 실전 훈련에 나도 같이 참여하는 건 안 될까?"

여기까지 따라온 이유가 자신도 더욱 많은 실전 경험을 쌓고자 함이다. 동굴 안에서 수련만 할 수는 없는 노릇이었다.

"유기적인 움직임이 필요한 마법병단의 훈련에 다른 사람이 끼어들면 오히려 방해가 될 수 있어."

"그래, 그렇겠지."

샤온의 참여를 거절하는 케인으로 인해 크게 실망하는 샤온이었다. 애초에 마법병단의 훈련이다. 억지로 끼어든 자신으로 인해 피해가 있어서는 안 되었다.

"대신 아무것도 안 하는 한 사람이 있잖아. 너랑 같은 기사 출신이고 한번 같이 돌아다녀 보지그래?"

케인은 실망한 샤온에게 제코의 존재를 알렸다. 실력있고 경험 많은 베테랑 검사에게 아무런 역할도 주지 않은 것에는 이유가 있었다.

책과 후계자 수업을 통해서만 대부분의 지식을 습득하고 전형적인 헬리온 백작가의 검술만 익힌 샤온에게 제코의 몸으로 부딪친 경험이 더해진다면 분명 큰 도움이 있으리라 생각한 케인이다.

"제코 경?!"

케인의 생각을 읽은 샤온이 제코에게 달려갔고, 그렇게 몬스터랜드에 새롭게 등장한 종족은 네 개의 조로 나뉘어 움직이기 시작했다.

*   *   *

몬스터랜드에 들어온 지 한 달이 지나자 케인은 각 조에게 새로운 임무를 주기 시작했다.

테니와 랜튼, 피터가 조장으로 있는 1~3조에게는 그동안 기존 웨어울프 영역으로 추정되는 지역의 순찰만을 시켰는데, 가져온 식량이 한 달치밖에 남지 않자 필요한 경우 더 바같까지 나가 식량을 구해오라는 임무가 내려졌다.

그리고 단둘이서 하루 종일 온몸에 피를 묻히고 다닌 제코와 샤온에게 주어진 임무는 지도를 그리는 것이었다.

"아니, 여기서 무슨 몬스터 지도를 그리라는 얘긴지……."

"생각이 있으니 시키시는 걸 겁니다. 저희에게도 더 큰 자극이 되지 않겠습니까?"

몬스터랜드의 몬스터 종과 개체수를 나타낸 지도를 그려오라는 황당한 주문에 투덜대는 샤온과 달리 시키면 한다는 식의 제코였다. 자신도 모르게 조금씩 케인에게 마음을 열어가는 듯했다.

몬스터랜드의 깊은 숲속에서 두 사람이 한 장의 종이를 앞에 두고 집중하고 있었다.

스슥— 슥.

이미 반년이나 그려온 지도였기에 이제는 익숙한 솜씨로 그림을 그려가고 있는 샤온과 제코였다.

번쩍!

알아낸 정보를 종이에 적어가고 있을 때, 섬 중심 방향에서 붉은 빛이 솟아올랐다.

"저건?!"

"긴급 상황 신호다!"

긴급을 뜻하는 붉은색 신호를 확인하자마자 하던 일을 멈추고 달려가기 시작했다.

그동안 마법병단만이 사용해왔지만, 케인과 콜린의 도움으로 검사의 마나활용에 알맞게 개량시킨 매직스텝이었다.

제코와 샤온 또한 꾸준히 이를 익혀온 덕분에 몇 초 지나지 않았는데도 어느새 숲 속으로 신형이 사라져가고 있었다.

긴급 신호를 받은 것은 동굴 안도 마찬가지였다. 바깥이 보이지 않는 동굴에서도 긴급 신호를 확인할 수 있도록 수정구를 설치해 놨던 것이다.

우우웅!

수정구 안의 마나가 활성화되며 붉게 물들었다.

케인과 콜린을 비롯해 사냥을 마치고 먼저 돌아와 있던 테니의 1조 또한 붉어지는 수정구를 보며 동굴 밖으로 뛰쳐나가며 신호의 위치를 확인하고 달려가기 시작했다.

위급한 상황에 자신의 능력을 최대한 개방한 케인과 콜린은 1조원보다 먼저 신호가 발생한 위치에 도착했고, 위기에 처해 있는 랜튼의 2조를 확인할 수 있었다.

"아니 이건……."

"몬스터랜드에 이런 땅이 있었다니……."

2조가 싸우고 있는 상대와 밟고 있는 땅을 확인한 케인과 콜린은 정신을 차리고 전장으로 달려들었다.

랜튼이 맡고 있는 2조는 동물은커녕 몬스터조차 잘 보이지 않는 새로운 지역을 발견하고는 사냥을 위해 조금씩 깊게 들어갔다.

"응? 랜튼, 여기 좀 이상하지 않아?"

한 발 한 발 주위를 살피며 걷던 조원 중 한 명이 랜튼을 불렀다.

"그러고 보니 흙색도 거무튀튀하고 마나도 뭔가 음침한 것 같아요. 헉! 전투 준비!!"

달그락달그락.

이상함을 살피고 주변을 살피던 랜튼은 무언가가 검은 흙을 뚫고 올라오는 모습을 보고 조원들에게 소리쳤다.

"저게 뭐야?!"

"해, 해골?!"

긴장한 상태로 지켜보던 마법병단의 2조 병사들은 예상치 못한 존재의 등장에 경악했다.

달그닥— 달그닥—

'스켈레톤!!'

랜튼도 다른 사람들과 마찬가지로 놀람을 금치 못했다. 검은 땅을 뚫고 올라오는 존재는 생명체가 아니었다. 죽은 생명체가 어둠의 마력에 의해 부활하게 되면서 생명체에 대한 복수심으로 끝없이 공격하는 마물이었다.

"어차피 그래봐야 하급 마물이에요! 공격!!"

펑펑! 치지직! 펑!

랜튼의 2조는 스켈레톤이 제대로 형태를 유지하기 전에 선공을 취했다. 연속된 폭발과 연기 속에서 스켈레톤의 잔해로 추정되는 하얀 뼈들이 부러지고 가루가 되어 흩날렸다.

"헉! 이런 괴물들! 파이어볼!"

연기가 사라진 후 처음 일어날 때보다 더 많아진 스켈레톤을 보며 경악한 2조의 홍일점인 리오나가 재빨리 화염구를 쏘아냈다.

보통 뼈로 이루어진 스켈레톤은 굳이 강한 마법이 아니더라도 쉽게 처리되었다. 그러나 몬스터랜드의 스켈레톤은 그 근본이 인간들의 뼈가 아닌 몬스터의 뼈였다. 하급 마물임에도 재료가 좋아 튼튼한(?) 스켈레톤이 생성된 것이다.

"이런, 젠장!"

쉼없이 솟아오르는 스켈레톤을 보고 막막해하던 랜튼은 스켈레톤 중에서도 특히 큰 덩치를 가진 녀석이 다가오는 것을 보고 욕을 내뱉었다.

일반 몬스터의 스켈레톤도 상대하기 힘들었다. 그런 상황에 랜튼에 눈에 보인 건 대형 스켈레톤이었다. 아마도 오우거나 미노타우르스 같은 대형 몬스터의 뼈로 만들어진 스켈레톤이리라.

"어서 긴급 신호 쏘고 뒤로 물러나면서 싸워요!"

어느샌가 수십의 스켈레톤에게 포위되어 있다는 사실을 깨달은 2조 병사들은 자신들이 걸어온 방향을 퇴로로 잡고 길을 뚫기 시작했다.

팅! 팅팅!

그나마 2조에게 다행인 것은 하급 마물답게 스켈레톤의 움직임이 둔했고, 힘 또한 생전보다 많이 약해진 상태라는 것이었다.

스켈레톤을 모두 물리치기는 힘들었지만, 실드를 중첩해가며 방어하는 것은 생각보다 어렵지 않았고, 그 와중에 조금씩 퇴로를 확보해 뒤로 물러나고 있는 2조였다.

"파이어월!!"

"공자님! 콜린 자작님!"

드디어 랜턴의 귀에 구원의 목소리가 들려왔다. 스켈레톤에게 둘러싸여 있는 병사들 주위로 불의 벽을 소환하며 나타난 케인과 콜린이었다.

"그레이트 쉴드!"

콜린이 병사들의 옆에 서며 강력한 실드를 펼쳐 보호하자 케인이 준비했던 마법을 펼쳤다.

"토네이도!"

강력한 폭풍이 검은 땅 위를 휩쓸고 지나가자 제 형체를 온전히 유지하고 있는 스켈레톤은 거의 없었고, 몇 남지 않은 스켈레톤마저 또다시 훑고 지나간 바람에 흙으로 돌아갔다.

"일단 자리를 피해야겠습니다."

일반 타격도 아닌 마법에 의한 공격임에도 벌써 다시 붙고 있는 뼈마디들을 보며 콜린이 후퇴를 건의했다.

타타탓!

마법병단은 뼈들이 모여 다시 스켈레톤의 형태를 이루기 전에 서둘러 자리를 피하기 시작했다.

"응? 이 녀석들 저 땅 밖으로는 나오지 못하는 건가?"

멀지 않은 거리에서 후퇴하는 자신들의 모습에도 가만히 서서 움직이지 않는 스켈레톤들을 보며 케인이 의아함을 느꼈다.

"호오……. 아무래도 저 검은 땅을 벗어나지 못하는 모양이군요?"

케인의 옆에 선 콜린도 들어보지 못한 기이한 현상에 호기심이 동했는지 스켈레톤들의 움직임을 자세히 살피고 있었다.

"파이어필드!"

일정 범위 밖으로 벗어나지 않는 스켈레톤을 보고 검은 땅에서 이상함을 느낀 케인은 펼쳐진 영역의 모든 것을 태워 버리는 파이어필드를 시전했다.

검은 땅 위에는 썩은 나무 몇 그루만이 존재했기에 산불에 대해서는 걱정하지 않은 케인이었다.

화르르륵!! 크에에엑!

무섭게 피어오르는 화염 속에서 스켈레톤들의 뼈마디가 타들어갔다.

"마치 악마들의 비명 소리가 들려오는 듯하군요."

스켈레톤들이 비명을 지를 리 없었지만, 콜린은 자신의 귀를 자극하는 요상한 소리에 인상을 찌푸렸다.

"돌아가지."

스켈레톤들이 타오르는 모습을 멍하니 바라보던 마법병단은 케인의 목소리에 황급히 정신을 추슬렀다. 서 있는 땅이 온통 불바다가 됐음에도 꼼짝 않는 마물들의 모습에 뒤돌아 돌아가는 마법병단의 표정은 무겁기 그지없었다.

* * *

"제코 경, 샤온과 만든 지도를 확인해 봐도 되겠습니까?"

동굴에는 처음 몬스터랜드로 들어온 인원 서른네 명이 모두 자리를 잡고 서 있었다. 반년이 넘는 시간이 흐른 지금 그때와 비교해 모두에게 상당한 발전이 있었다.

제코에게서 건네받은 지도를 확인한 케인은 골똘히 생각

에 잠겼다.

케인의 고민하는 모습을 본 테니가 궁금함을 참지 못하고 케인에게 질문했다.

"공자님, 무엇을 고민하시는 건지요?"

"흐음, 아마도 이곳에 30년 전 마왕과 관련있는 무언가가 있는 것 같습니다."

테니의 목소리에 눈을 뜬 케인이 지난 반년 동안 반쯤 완성되어진 지도를 보고 추리한 자신의 생각을 얘기하기 시작했다.

이번 검은 땅과 스켈레톤, 그리고 섬의 면적에 비해 지나치게 많은 몬스터의 개체 수를 연관 지어 생각하던 케인이 지도를 보고 확신하듯 말했다.

"이곳에 마왕이 있다구요?"

세린은 마왕이라는 말에 소름이 돋는지 팔을 쓰다듬으며 말했다. 사실 마왕이 강림했을 때의 공포를 직접 경험한 이는 콜린과 제코뿐이었다.

하지만 그로 인한 피해로 어려운 시절을 보내며 자란 것은 다른 병사들 또한 마찬가지였다. 마왕이라는 말에 무덤덤할 수 있는 사람은 아무도 없었다.

"마왕이 있는 것은 아닐 게다. 다만 추리하기로 마왕과 관련 있는 무언가, 상급의 마물이 될 수도 있고 리치와 같은 흑

마법사일 수도 있겠구나."

마왕이라는 말에 웅성거리는 사람들을 진정시키려 케인의 이야기에 말을 덧붙이는 콜린이었다.

마왕이나 상급 마물이나 이들에게 있어서 위험의 크기는 둘 다 어마어마했지만, 마왕이 아니라는 말에 심적으로 부담이 덜 되는 것은 사실이었다.

"그래서 결정하고자 합니다. 만족할 만한 성과도 얻었고 이제 슬슬 백작가로 돌아가려 했습니다만, 이곳에 위험이 도사리고 있다는 사실을 알게 된 이상 그냥 지나칠 수만도 없는 일입니다."

케인이 말을 하며 콜린을 바라봤다.

"저는 공자님의 뜻에 따르겠습니다."

"어차피 이곳 몬스터랜드까지 공자님을 믿고 따라온 사람들입니다. 저희도 성장한 만큼 여기보다 더한 곳으로 가더라도 모두 공자님을 따를 겁니다."

콜린이 대답하자 테니가 모두를 대변하듯 말했다. 몬스터랜드까지 따라왔는데 어디인들 못 따라가겠느냐는 표정의 마법병단이었다.

"좋아, 그럼 한번 가보는 걸로 하죠."

케인이 지도에서 몬스터랜드의 중심을 가리키며 말했다.

CHAPTER
10

검은 수정

제코와 샤온이 작성한 지도에 따르면 얼마 전 겪었던 마기
가 스며들어 있는 검은 땅이 섬의 중심으로부터 곳곳에 위치
해 있었다.

검은 땅의 마기가 생성되는 원인을 찾기 위해 곳곳을 살펴
봤지만 마기를 뿜어내는 물건이나 마물 또한 없었다. 단지 땅
에서부터 올라오는 마기에 몬스터들의 시체가 스켈레톤화되
는 것이었다.

검은 땅에 아무것도 없다면 생각해 볼 수 있는 것은 오염된
땅의 위치로 봤을 때 중심의 산맥에서 뿜어져 나오는 마기만

으로 섬 곳곳을 오염시켰다는 가정이다. 물론 이런 가정은 섬 중심에 더 큰 위험이 도사리고 있다는 것을 뜻했다.

"생각보다 더 위험할 수도 있겠습니다."

"그래도 무엇이 있는지는 확인해 봐야지요."

콜린이 걱정스럽게 말했지만 케인은 고집을 꺾지 않았다. 지금은 고던 성으로 인해 큰 피해 없이 몬스터랜드로부터의 피해를 최소화하고 있었다.

하지만 이 정도 마기를 지닌 존재가 설령 힘을 회복하고 있는 마족이나 사악한 흑마법사라면 백작령은 언제 무슨 일이 터질지 모르는 시한폭탄을 안고 사는 것과 같았다. 이런 사실을 알기에 끝까지 확인을 해보려는 케인의 고집을 꺾지 못하는 콜린이었다.

마법병단의 병사들은 섬 중심에 위치한 산을 오를수록 몬스터들이 점점 더 강해지고 많아진다는 것을 느낄 뿐 아니라 평소와는 다른 음침한 느낌까지도 확실히 느껴지고 있었다.

'공자님 말씀대로… 여기 뭔가 있는 모양이군.'

끈적끈적한 기분에 기분이 나쁜지 테니가 어깨를 털어내며 주위를 두리번거렸다.

"응? 저게 뭐지?"

테니가 어딘가를 가리키며 말하자 또다시 몬스터가 나타난 줄 알고 화들짝 놀라던 세린이 창피함을 감추기 위해 뾰족한 목소리로 말했다.

"깜짝이야! 동굴이잖아요, 동굴! 동굴 처음 봐요?!"

동굴이라는 세린의 목소리에 병사들은 물론 케인까지 테니가 가리키고 있는 동굴을 쳐다봤다.

'으, 보기만 해도 기분이 나쁜 동굴이네!'

다시 한 번 동굴을 쳐다본 세린은 동굴에서 느껴지는 음침한 기운에 휘휘 고개를 돌리며 앞을 쳐다봤다. 그러나 케인은 그냥 지나칠 생각이 없는지 조금씩 동굴로 다가가고 있었다.

"마기로군요."

"산 전체에 마기가 서려 있지만, 아무래도 이곳이 가장 강하게 뿜어져 나오는 것 같습니다."

주거니 받거니 하는 케인과 콜린의 말에 세린은 그제야 자신이 동굴에서 느낀 기운이 마기라는 것을 깨달았다.

"여길 들어가야 하나요?"

단순히 묻는 말이 아닌 강한 반대의 의미가 포함된 물음이었지만 케인은 그 의미를 모르는 듯 고개를 끄덕였다.

"조별로 순서대로 따라 들어오도록. 지금부터는 정말 긴장해야 한다."

병사들에게 주의를 요하는 케인이었지만, 정작 자신의 손에 식은땀이 맺혀 있다는 사실은 모르고 있었다.

동굴 안으로 들어선 케인은 겉보기보다 안쪽 공간이 넓다
는 것을 확인하고는 안도의 한숨을 내쉬었다. 샤온과 제코를
제외하고는 자신을 포함해 마법병단의 병사들까지 모두 마법
사이다. 아무 일도 없는 것이 가장 좋을 테지만 행여 무슨 일
이 일어나게 되더라도 활동 공간이 여유로운 편이 대처하기
에 더 좋기 때문이다.

차분히 걸어가던 케인이 음습한 기운을 느끼며 멈춰 서자
뒤따라오던 테니가 손을 들며 1조를 정지시켰다. 뒤이어 줄
줄이 따라오던 3조까지 걸음을 멈춘 다음에야 발걸음 소리가
완전히 멈췄다.

"왜 그러십니……."

케인이 멈춰 선 이유를 물으려던 테니는 앞쪽의 동굴에서
이상함을 느꼈다.

"빛은 그대론데 더 어두워지는군요."

계속해서 둥실둥실 떠다니던 라이트(Light) 마법이다. 1서
클의 초보 마법사가 아닌 이상 중간에 빛의 세기가 약해질 리
가 없었다.

"어두워진다기보다 동굴 벽이 빛을 흡수하는 것 같아요.
마치 바깥의 검은 땅처럼요."

테니의 뒤에 걷다가 어느새 케인의 옆에 와 있는 세린이 동굴의 변화를 눈치채며 말했다.

"이곳부터 본격적으로 마기에 오염되어져 있군."

갈수록 진해지는 마기로 봐서 안쪽은 전부 마기화되어 있다고 생각해야 했다.

3조의 뒤에서 후미를 지키고 있던 제코까지 검은 땅으로 이루어진 동굴 안쪽으로 들어와 앞으로 조금 더 나아가자 사방에서 뼈가 부딪치는 소리가 나기 시작했다.

달그락달그락.

"전투 준비! 폭발력이 적은 마법 위주로 공격한다!"

"제대로 부활하지 못하도록 최대한 뼈 자체를 부숴야 한다!"

뼈 소리를 듣고 케인이 전투 준비를 명하자 뒤이어 콜린이 스켈레톤의 약점 아닌 약점을 설명했다. 스켈레톤을 무력화시키기 위해서는 어지간한 타격으로 뼈를 분리시켜 봐야 아무 소용이 없었다. 뼈마디 사이사이가 아닌, 뼈 자체를 부숴야 복구하는 데 오랜 시간이 걸리는 것이다.

여기서 동굴이 무너질 위험 때문에 폭발력이 강한 마법은 자제해야겠지만, 여기 있는 모두는 굳이 폭발력 있는 마법을 사용할 필요 없이 다른 마법과 속성력만으로도 스켈레톤을 처리할 능력이 있는 사람들이었다.

"돌파한다!"

불사의 마물인 스켈레톤을 상대로 한 자리에서 계속 싸우는 것은 무모한 짓이었다. 빠르게 처리하고 복구되기 전에 이동하기 위해 케인은 돌파 명령을 내렸다.

슈슈슉!! 샤샥!

언데드 마물을 처치할 때에는 신성력 다음으로 화염과 뇌전의 속성이 탁월한 효과가 있었지만, 동굴이라는 지형적 영향 때문에 화염 계열 마법보다는 풍계 마법과 빙계 마법이 위주가 되어 스켈레톤을 덮쳤다.

"달려!"

한순간에 뚫려진 정면을 향해 케인이 뛰어가자 마법병단이 뒤따랐다.

그러나 얼마 앞으로가지 못하고 또다시 스켈레톤에게 둘러싸이고 말았다.

"이 동굴 내부 전체가 검은 땅이 되어 있군. 만약 더 깊숙이 들어갔다가 아무것도 발견하지 못한다면 다시 밖으로 나오는 것도 문제가 될 텐데."

"그럼 어떻게 하죠? 케인 공자님께 어서 말씀드려야 하는 것 아닌가요?"

계속해서 안으로 들어가고 있지만 자신들은 지쳐 가고 마기의 농도만 짙어질 뿐이다. 제코의 혼잣말을 들은 3조 조장

피터가 점점 힘들어지는 상황에 불안함을 느끼고 말했다.

"기다려 보자. 공자님께서도 생각이 있을 거다. 그리고 점점 짙어지는 마기를 보니 거의 다 온 것 같아."

제코의 말을 들은 후방의 3조원들은 다시 주위를 살피며 전방에서 처리하고 간 스켈레톤의 잔해를 다시 한 번 확인 사살하며 걸어갔다.

"1조가 맨 뒤로 가고 2조, 3조가 앞의 빈자리를 채운다."

계속된 전투로 선두에 서 있던 1조의 지친 표정이 역력하자, 자리를 바꿔 휴식시키려는 케인의 의도였다.

그렇게 2조가 선두에 서고 한 번의 돌파 이후 끊임없이 일어나던 스켈레톤의 모습이 거짓말처럼 사라졌다.

"응? 이상한데? 갑자기 스켈레톤들이 안 보여."

"그러게. 설마 끝까지 다 온 건가?"

혹시나 하는 기대감을 갖고 있던 2조의 조원이지만 랜튼은 오히려 더 짙어지고 있는 마기에 마물들이 더 나타나면 나타났지 끝난 건 아니라고 확신하며 긴장을 늦추지 않았다.

잠시 후 마법병단은 물론 케인과 콜린 또한 뒤이어 나타난 새로운 마물들을 처리하기 위해 온 힘을 다해야 했다.

눈앞에 하나둘씩 나타나는 마물은 분명 스켈레톤이었다. 그러나 그들의 생김새는 자신들이 일반 스켈레톤이 아니라는 것을 확연하게 보여주고 있었다.

뼈뿐이지만 날개와 뿔이 달린 스켈레톤도 있었고, 늑대와 같은 형태의 스켈레톤도 있었다. 하지만 자세히 살펴보면 새로운 생김새의 마물들은 뼛속까지 마기가 침투했는지 하얀 뼈로 이루어진 모습이 아니라 칠흑빛의 스켈레톤이 되어 있었다.

"마계의 마물?"

콜린이 무언가 떠오른 듯 중얼거렸다.

"저 스켈레톤들이… 마계의 마물들이란 말입니까?"

케인이 확인을 위해 콜린에게 물었다. 풍기는 기운이 그냥 스켈레톤으로 보기에는 무리가 있었기 때문이다.

"이런 이야기는 저도 들어본 적이 없지만, 마계의 마물들이 죽어서 스켈레톤화된 것 같습니다."

스켈레톤화되는 건 일반 생명체뿐이라는 게 마법사들 간의 상식이었다. 마계의 마물들까지 스켈레톤으로 만들다니, 이 너머에 있는 마기의 주인이 예상보다 훨씬 더 큰 힘을 지니고 있을지도 모른다고 생각한 케인이었다. 지금의 힘으로는 무리라는 생각이 들었지만 후퇴하더라도 눈앞의 적들을 처치해야만 가능했다.

"이 녀석들은 위험하군요."

서서히 다가오는 늑대 형상의 마물을 보며 말했다. 늑대 형상의 마물 외에도 이 세계에서는 볼 수 없던 형상의 골격이었고, 하나같이 칠흑빛 마기가 흘러나왔다. 아무래도 중심의 무언가를 지키는 마지막 마물들일 것이다.

"아무래도 병사들에게는 힘에 부칠 것 같습니다."

그 수가 이전처럼 많지는 않았지만 하나하나가 큰 위협이 될 만한 마물들이다.

케인은 콜린의 말에 제코와 샤온이 앞을 지키고 병사들을 뒤로 물리도록 했다. 자신과 콜린이 휘젓고 익스퍼트 상급의 제코와 중급을 넘어서가는 샤온이 길목을 지킨다면 병사들의 피해는 줄일 수 있을 것이다.

케인과 콜린이 조심스럽게 마법을 캐스팅하자 마물들이 마나의 흐름에 변화를 느꼈는지 갑작스럽게 달려들기 시작했다.

크아아!

뼈밖에 남지 않았음에도 포효 소리가 들려왔다. 마기에 의한 파동이 소리로 들려온 것이다.

"파이어월!"

"윈드커터!"

콜린이 불의 벽을 만들고 케인이 벽 사이로 바람의 칼날을 쏘아 보냈다.

스컥!

가장 처음 달려들던 늑대 형상의 언데드 마물이 바람의 칼날에 반으로 갈라지며 쓰러졌다.

"체인 라이트닝!!"

뒤이어 불의 벽을 통과한 다른 마물들에게 연쇄적으로 뇌전이 옮겨지는 5서클 마법 체인 라이트닝(Chain lightning)을 시전하자 뇌전에 적중당한 두 마물이 단숨에 가루가 되어 흩어졌다.

"그레이트 실드!"

케인이 공격을 하는 동안 한 걸음 앞서 있던 콜린은 코앞까지 다가온 마물들을 방어하기 위해 전방에 실드를 펼쳤다.

"파이어볼!!"

동굴이라는 지형적 불리함 때문에 폭발력이 있는 마법의 사용을 자제하던 중 누군가 파이어볼을 시전했다.

펑!!

케인은 자신의 옆에서 일어난 폭발에 깜짝 놀라며 돌아봤다.

"벌써 회복되다니……."

케인은 몸이 반으로 갈렸음에도 어느새 몸을 복구하고 자신의 옆까지 다가온 늑대 형상의 마물을 화염의 속성력을 이용해 태워 버리고는 뒤를 돌아봤다. 그곳에는 급한 나머지 파이어볼을 사용했던 랜튼이 머리를 긁적이고 있었다.

이후 전투 방식은 콜린과 케인이 속성력과 적절히 마법을 사용하며 앞에서 버티고 있었고, 뒤의 마법병단에서 옆으로 새거나 뒤로 돌아온 몬스터들에게 집중 포화를 하며 위기를 넘기고 있었다.

끝없이 되살아나는 언데드 마물들의 공격에 콜린 자작은 실드를 펼치는 것 외에는 다른 행동을 취하지 못하고 있었다. 자신의 마나가 절반 이하로 떨어졌다는 것을 깨달은 케인이 콜린의 표정을 살피자 슬슬 기력이 한계에 달했는지 이마에서 식은땀을 흘리고 있었다.

'이대로라면 어렵다……!'

케인이 콜린의 상태를 확인하고 위기감을 느끼고 있을 때, 제코와 함께 마법병단을 보호하기 위해 다가오는 마물들을 유심히 살피던 샤온이 소리쳤다.

"번개… 뇌전에 약하다! 이놈들의 약점은 뇌전이야!"

3서클 마법 라이트닝 볼트(Lightning bolt)에 적중당한 부분을 복구하지 못한 채 그대로 다시 움직이는 마물의 모습을 발견한 것이다.

'그리고 보니 뇌전의 마법에 당한 녀석들은 되살아나지 못하는구나!'

샤온의 말을 듣고 각 마법에 적중당한 마물들의 복구능력에 차이가 있다는 사실을 깨달은 케인이었다.

맨 처음 바람에 잘려진 마물은 곧바로 되살아나 자신을 위협했었다. 그러나 그다음 뇌전으로 공격당한 마물들은 뼛속에 있는 어둠의 마력까지 손상을 입고는 가루가 되어 버렸다.

마왕이 패퇴하고 언데드 마물이 사라진 지 30년이란 시간이 지났다. 언데드를 따로 공부하거나 직접 겪어본 사람이 없는 케인의 일행은 한참을 고생하고 나서야 언데드 마물의 약점이 파마의 기운을 가진 뇌전이라는 사실을 알 수 있었던 것이다.

뇌전이 기운이 약점이라는 사실을 안 이상 언데드 마물은 더 이상 마법병단의 상대가 될 수 없었다. 서른 명의 인원이 뇌전의 마법을 사용할 수 있는 마법사였기 때문이다.

상대의 약점을 알게 된 케인의 손에는 이미 새하얀 뇌전의 광구가 광폭한 기운을 내뿜고 있었다.

치지직!! 스컥!

"라이트닝 스피어!"

"라이트닝 볼트!"

케인이 뇌전의 광구를 던져냄과 동시에 콜린과 마법병단의 손에서도 뇌전의 줄기가 뿜어져 나왔다.

치지직! 파직!

마지막 언데드 마물의 몸에서 스파크가 튀며 어둠의 마력이 소멸되었다.

케인은 처음 마물들에게서 뿜어져 나오는 마기를 느끼고는 상당한 위기감을 느꼈다. 스켈레톤이라는 점을 제외하고도 뿜어져 나오는 마기 양만 비교하면 소드 익스퍼트에 해당하는 기사들도 밀릴 정도였다. 하물며 스켈레톤화되어 끝없이 복구됨에야……

마물들의 강대한 마기에도 불구하고 사상자 없이 잘 이겨냈다는 사실이 믿기지 않는 케인이었다.

만약 이들이 마법사가 아니라 기사들이었다면, 파마의 기운을 지니지 못했다면 자신과 콜린조차 살아나가지 못할 수 있는 위험한 마물들이었다.

"어떻게 하시겠습니까? 마기의 농도로 봐선 얼마 남지 않았습니다."

케인이 이대로 돌아가야 하는지에 대해 고민하고 있는 것을 보고는 콜린이 말을 걸어왔다.

"언데드가 파마의 힘에 취약하다는 것을 알았으니 스켈레톤에 대한 걱정은 없어졌지만 방금 전에 겪어보셨다시피 언데드가 아닌 마물들이 나오게 된다면 모두의 안전을 보장할 수 없지 않습니까?"

언데드화된 마물들의 무서움을 직접 겪고 나니 마지막 걸음을 내딛기가 어려워진 케인이다.

이전까지는 무슨 일이 일어나더라도 자신의 힘으로 헤쳐 나갈 수 있다고 여겼던 케인이다. 하지만 한 번의 위기를 겪고 난 후 잘못된 판단 한 번에 자신은 물론 여기 있는 모두의 목숨이 위험할 수 있다는 사실을 새삼 깨달았다.

케인이 자신들을 보호하지 못할까 봐 고민하고 있는 모습을 지켜보던 마법병단의 병사들이 하나둘씩 케인의 옆으로 다가왔다.

"이런 위험한 곳을 이대로 내버려 두면 영지가 위험해질지도 몰라요."

분명 언데드 마물의 힘을 느끼고 공포를 느꼈고, 3서클 마법사라지만 안에서부터 풍겨 나오는 마기에 심적으로 타격이 있음이 분명했다. 그럼에도 무엇을 위함인지 용기를 내는 세린이었다.

"우리가 영지를 지켜야 한다고 말씀하시지 않으셨습니까? 어서 가시죠."

"그건 마법병단 얘기고, 제코 경은 아니지 않습니까?"

케인은 마법병단에게 한 얘기를 자신이 해야 하는 일인 양 얘기하는 제코를 보며 미안한 표정을 지었다. 제코는 분명 얼떨결에 따라온 조력자에 불과했다. 자신으로 인해 위험에 처해서는 안 되는 인물이다.

"랜튼 일이 제 일이고 저 또한 백작가의 영지민입니다. 제가 사는 곳은 지켜야지요."

"제코 경 말이 맞아. 뭘 불안해 하는지 알고 있지만 마법병
단의 병사들 모두 영지에 피해가 갈 일을 눈감고 못 본 척 돌
아가고 싶지는 않을 거야."

제코의 말에 대답하려던 케인의 말을 끊고 샤온이 어깨에
손을 얹으며 말했다.

병사들 또한 샤온의 말에 고개를 끄덕이며 케인을 바라봤
다. 모두가 괜찮다고 하지만 책임감을 느끼게 된 케인의 마음
은 가볍지 않았다.

콜린은 결정을 내리지 못하고 있는 케인을 바라보며 말했
다.

"모두가 원하는 일입니다. 지금부터 안으로 들어가는 일은
공자님의 의지가 아닌 백작가의 의지입니다."

＊　　　＊　　　＊

"뭐야? 아무것도 없는 거예요?"

동굴을 이루고 있는 벽밖에 보이지 않는 마지막 공간에서
아무것도 발견되지 않자 다행이라는 속마음을 티 나게 숨기
며 아쉬운 척하는 세린이었다.

힘들게 결정을 내리고 긴장하며 들어온 동굴의 가장 깊은

곳이다. 그러나 안을 가득 메운 마기와 동굴 내부에 어울리지 않는 커다란 공간을 제외한다면 내부에는 몬스터도, 마물도, 마왕도 없었다.

"정말 아무것도 없는 건가? 그럼 이 마기는 뭐지?"

쉬이 사라지지 않은 책임감으로 인해 압박받고 있던 케인은 아무것도 없음에 안도하는 동시에 의문을 가졌다. 아무 이유 없이 이러한 짙은 마기가 생겨날 리 없기 때문이다. 주위를 유심히 살피던 케인에게 누군가 소리쳤다.

"공자님! 여기 이상한 게 있습니다!!"

그 말을 듣고 케인뿐 아니라 주변을 살피던 모두가 모였다.

"이건… 꼭 무슨 보석 같은데요?!"

검은색의 수정과 같은 모습에 세린이 관심을 가지며 손을 갖다 댔다.

"악!"

검은 수정에 손이 닿자 곧바로 비명을 지르며 손을 뗀 세린이었다. 그런 세린의 모습을 보고 다시 수정을 자세히 살피던 콜린이 깜짝 놀라며 소리쳤다.

"모두 물러나!"

콜린의 외침에 다들 영문도 모르고 물러났다.

"이 조그마한 수정이었군요. 몬스터랜드에 존재하는 마기의 원천이 검은 수정이었다니……."

엄청난 마물이나 흑마법사, 그것도 아니면 마왕이라도 되는 줄 알았던 사람들은 실망을 금치 못했다.

마법병단은 마기를 뿜어낸 존재가 마왕 같은 강대한 적이 아니었고, 그 덕분에 자신들이 아무런 피해도 입지 않았다는 것에 안도를 느꼈다.

하지만 모순되게도, 안도를 느낌과 동시에 자신들이 온갖 고생을 하며 찾아낸 마기의 원천이 고작 조그마한 돌멩이였다는 사실에 실망감을 느끼는 병사들이었다.

'고작 돌멩이 따위가 아니군.'

그러나 수정 안에 숨겨진 마기를 정확히 느낀 케인과 콜린은 이 검은 수정이 지금은 아주 미약한 정도의 마기만을 흘리고 있지만 안에 내재되어 있는 마기는 엄청난 양이라는 사실을 알아챘다.

"콜린, 일단 이 수정을 가지고 가서 보관을 해야 될 것 같은데, 기운이 새어 나가지 않도록 하는 마법 도구도 있습니까?"

"가져 가려 하십니까? 위험하지 않겠습니까?"

알 수 없는 마기로 가득 찬 검은 수정에서 께름칙한 느낌을 받는 콜린이 우려했지만 이대로 두고 가면 몬스터랜드가 계속 마기에 오염되어 더 큰 위험을 부를 수 있기에 케인은 검은 수정을 가져가서 처리하기로 결정했다.

"아예 봉인하는 정도가 아니라 새어 나가지 않도록 하는 아티팩트 정도는 마탑지부에 가면 쉽게 구할 수 있을 겁니다."

결국 케인의 손에 들려져 마기가 새어 나가지 않도록 아티팩트로 꽁꽁 싸매져 헬리온 백작가에 보관될 검은 수정이었다. 이때까지만 해도 케인은 이 검은 수정이 앞으로 일어날 대륙전쟁에 큰 영향을 미치게 된다는 사실을 알지 못했다.

* * *

검은 수정을 가지고 나온 케인은 이제 정말로 몬스터랜드의 밖으로 나가야 할 때임을 느꼈다. 거의 일 년에 가까운 시간을 몬스터랜드에서 보낸 마법병단이다.

비록 몬스터를 상대로지만 전투라면 치가 떨릴 정도로 수많은 실전 경험을 하고 나온 마법병단은 실력뿐 아니라 백작령에 대한 마음가짐 또한 백작가의 검과 방패로서 조금도 부족하지 않았다.

"오늘부터 대륙과의 길이 열립니다. 나흘 내로 섬 외곽에 도착하지 못하면 꼼짝없이 한 달간 더 있어야 합니다."

콜린의 설명을 들은 병사들은 정면 돌파를 주장했다. 음식

도, 잠자리도 불편하고 몬스터만 득실대는 이곳에서 한 달이
란 시간을 더 머무르는 것은 고문이었다.

병사들의 바람대로 동굴에서 빠져나온 마법병단은 대륙
과의 길이 생기는 섬 외곽까지 정면 돌파를 시도했다. 들어
올 때는 2서클에서 3서클에 머물러 있던 이들이 나갈 때에
는 3서클에서 높게는 4서클까지 성장해 있었기에 가능한 일
이었다.

일 년이란 짧은 시간 동안의 엄청난 발전이었지만, 일 년
동안 자고 먹는 시간 외에는 싸우고 수련밖에 안 했으니 당연
하다면 당연한 결과였다.

130여 마리의 중간 규모의 오크 부락 위로 마른하늘에 날
벼락이 떨어졌다. 어떤 특별한 일이 일어나 날벼락이 떨어졌
다는 얘기가 아니라 말 그대로 마른하늘에 벼락이 떨어지고
있었다.

"콜라이트닝!"

"파이어볼!!"

파직!! 화르륵 펑!

갑작스레 들이닥친 침입자들의 공격에 우왕좌왕하던 오크
들은 침입자들의 정체가 연하디연한 피부를 가진 약한 동물
이라는 사실을 깨닫고 용맹스럽게 달려들었다. 도망가지 않

고 용맹을 뽐내며 달려든 오크 부족은 일 년 전 섬 외곽의 동굴에 살던 웨어울프 무리가 겪었던 일을 똑같이 재연하게 되었다.

"이제 이곳도 안녕이구나."

하루의 여유를 남겨두고 섬 외곽까지 도착한 마법병단이다. 몬스터랜드가 작은 섬이 아니었지만, 일 년 내내 뛰고 싸우면서 마나를 이용해 달리고 움직이는 것이 이제는 자신의 몸을 다루듯 익숙해져 버린 결과였다.

하루 더 기다릴 필요없이 밤이 되자 케인은 스르르 물이 빠지며 생겨나는 대륙과의 길을 밟아가기 시작했다.

그 뒤에서는 길을 따라 섬 밖으로 나오려다가 마법병단의 눈에 띄어 곱게 섬으로 돌아가지 못하고 길 위에 싸늘해진 몸을 뉘는 수십 마리의 몬스터가 있었다.

지난 일 년간 마법병단의 병사들만 고생한 것은 아니었다. 고던 성의 병사들에게도 매달 당황의 연속이었다.

지난 20년 동안 몬스터들이 뛰쳐나오는 대략적인 수를 파악해 놓음으로써 매달 얼마만큼의 몬스터가 출몰할지 예상할 수 있었다. 그러나 최근 일 년 동안은 몬스터의 수가 들쑥날쑥했다.

분명 길이 열렸는데 몬스터들이 넘어오지 않은 날도 있었고, 바로 어제만 하더라도 봄이 찾아오는 달이 아님에도 수많은 몬스터가 쏟아져 나왔다. 그러더니 오늘은 또 이상하게도 한 마리의 몬스터도 보이질 않고 있었다.

"어? 어 저기 옵니다!!"

몬스터들이 도착해도 진즉에 했어야 하는 시간이 지나고 '설마 한 마리도 오지 않을까' 하는 기대를 품던 고던 성 병사들의 눈에 어두운 그림자가 움직이는 모습이 보이기 시작하면서 긴장감이 맴돌았다.

짜악.

누군가가 활을 쏘기 위해 활대를 꽉 잡는 소리가 옆 사람의 귀에 들릴 정도였다.

"나타났다!! 어? 잠깐!'

드디어 모습을 드러낸 몬스터들을 향해 공격 명령이 내려지려는 순간 누군가가 정지 명령을 내렸다. 성을 향해 걸어오는 그림자가 몬스터가 아닌 사람이라는 것을 알아봤기 때문이다.

"누구냐?!"

고던 성 성문의 조그마한 틈으로 믿을 수 없지만 몬스터랜드에서 걸어 나온 일단의 무리에게 신원을 물었다.

"헬리온 백작가의 소가주 샤온 외 서른네 명, 훈련을 마치고 돌아왔다."

끼익~

고던 성의 성문이 열렸다. 그렇게 케인과 마법병단은 그리
운 집으로 돌아왔다.

『마법기사 귀환록』 2권에 계속…

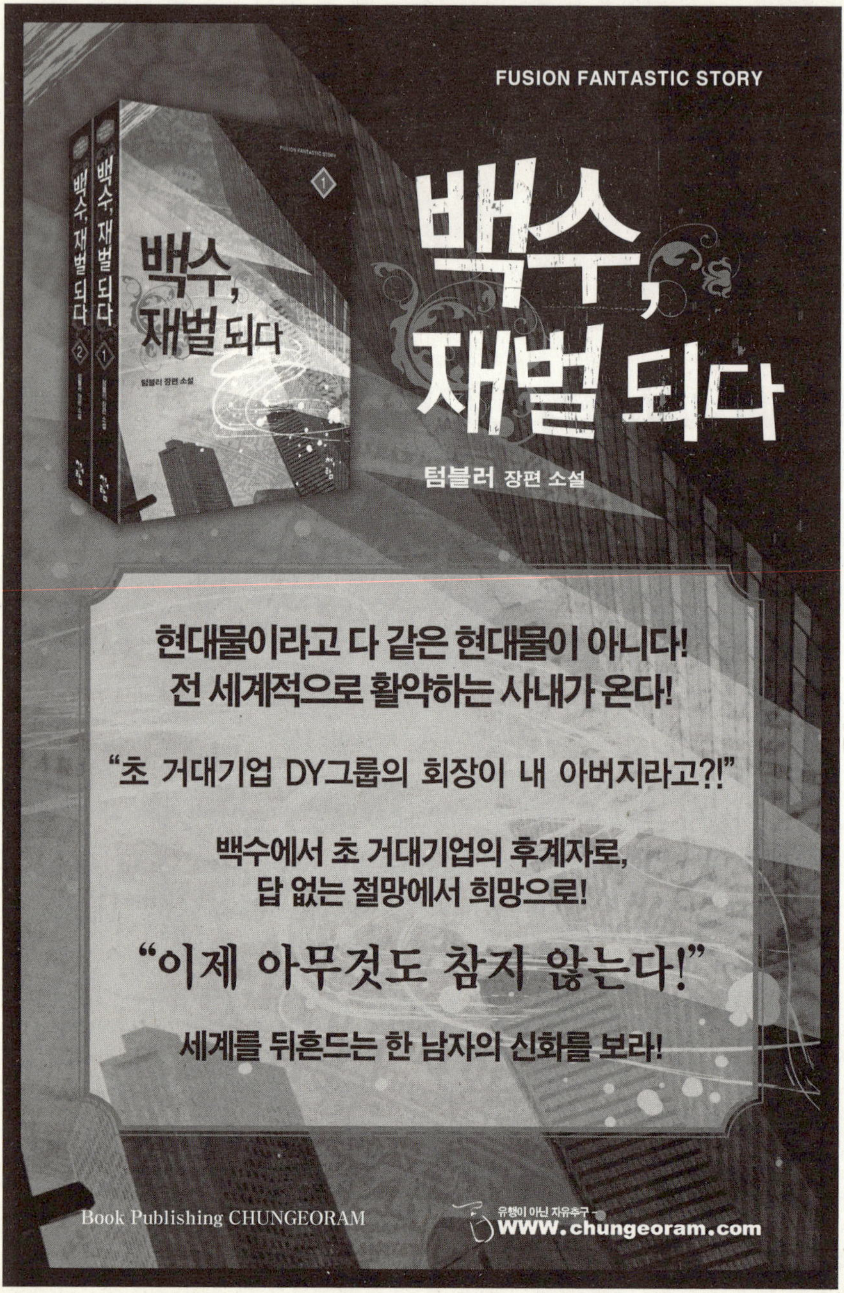

FUSION FANTASTIC STORY
백수, 재벌 되다
텀블러 장편 소설
현대물이라고 다 같은 현대물이 아니다!
전 세계적으로 활약하는 사내가 온다!
"초 거대기업 DY그룹의 회장이 내 아버지라고?!"
백수에서 초 거대기업의 후계자로,
답 없는 절망에서 희망으로!
"이제 아무것도 참지 않는다!"
세계를 뒤흔드는 한 남자의 신화를 보라!
Book Publishing CHUNGEORAM
유행이 아닌 자유추구
www.chungeoram.com

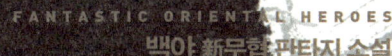

THE TOWER OF BABEL

바벨의 탑

FANTASY FRONTIER SPIRIT

푸른 하늘 장편 소설

Book Publishing CHUNGEORAM

유행이 아닌 자유추구—
WWW.chungeoram.com

FUSION FANTASTIC STORY

STEEL ROAD 스틸로드

이영균 퓨전 판타지 소설

2012년 겨울!! 대륙의 핍박받던 이들을 향한
구원과 희망의 울림이 메아리친다!

「스틸로드」

사랑하는 아내와의 꿈과 같은 크루즈여행의 마지막 밤.
배는 난파를 당하고, 이계로 떨어진 준혁!

사략해적의 손길에서 살아남은 준혁은 아내를 찾기 위해
미지의 땅에서 영웅이 된다!

뜨거운 사막의 열기처럼! 악마의 달의 위엄처럼!
강철같은 심장을 가진 그의 행보가 시작된다!

신화를 쓰는 남자의 길을 주목하라!

Book Publishing CHUNGEORAM